悪ノ叙事詩
「悪ノ娘」ファンブック
悪ノP
(mothy)
PHP
Cover Illustration by 憂

INDEX

Illust collection

Illustration by 笠井あゆみ

Illustration by 電鬼

Illustration by ゆーりん＠北乃友利

Illustration by オサム

Illustration by たま

Illustration by 鈴ノ助

Illustration by ばたこ

Illustration by かる

Illustration by 水溜鳥

Illustration by CHRIS

Illustration by ヘムren

Illustration by CAFFEIN

Illustration by 村上ゆいち

ちびミクさん出張版

悪ノ小娘

みなみ(ﾟロﾟ)

おわり

悪ノ娘 Illust Story

Illustration by 吉田ドンドリアン

二人の剣士の話

少年には守りたいものがあった。
家族を守りたかった。
独りの家族のために
一人の家族と、自分を捨てた。
残された一人と一人の家族は
とうとう、独りになった。

英雄には守りたいものがあった。
あの人の国を守りたかった。
二人の家族を守りたかった。
ともに戦った仲間を守りたかった。
たくさんの守りたいものがあった。
そのために剣を振るってきた。

たった一つの盃で
たった一人の瞳で
彼の剣は鈍ってしまった。

ひとりの魔道師の話

ひとりだった魔道師は
手に入れたものを守るため
二人の精霊をヒトにした。
一人には魔術を
もう一人には歌を教えた。
一人は自分の弟子として
もう一人は隣国の歌姫として
それぞれの可能性を見せてくれた。
しかし喜びもつかの間。
歌を教えた一人は愛を知り
その命を散らしてしまった。
けれども、それは終わりではなく
ヒトとしての生を終えた一人は
姿を変え、愛した人を支えた。
一人の想いは巡り巡って
あの人の形見を守ってくれた。

二人の女傑の話

彼女には探し物があった。
彼女には誇りがあった。
二人には譲れないものがあった。
彼女には魔術があった。
彼女には槍があった。
彼女たちには、戦うすべがあった。
守りたいもののため
二人は恐れず、駆けて行く。

ひとりの女の子の話

寂しかったのかもしれない。
楽しかったのかもしれない。
壊したかったのかもしれない。
守りたかったのかもしれない。
愛したかったのかもしれない。
甘えたかったのかもしれない。
話をしたかったのかもしれない。
話を聞きたかったのかもしれない。
美味しい物を食べたり
歌を歌ったり
姉として、妹として——。
今はもう、わからない。

Secret of Pinup

『赤のプラエルディウム』『青のプレファッチオ』に掲載された吉田ドンドリアン氏による口絵。連作になっていることはご存じかと思うが、実は重ねるとこんな仕掛けが。ノベル『悪ノ娘』の物語が、ぎゅっと一枚に凝縮されている。

完結記念!! キャラクター人気投票 結果発表

ノベル『悪ノ娘』シリーズ完結＆ファンブック発売を記念して、キャラクター人気投票を開催!! 6月16～30日の間にTwitterにて実施し、たくさんの投票をいただきました。順位とともに皆さんから寄せられた熱～いコメントもお伝えします!!

1位　89票

アレン＝アヴァドニア（アレクシル王子）

（鏡音レン）

Profile

年齢◆享年14（485－500）　国籍◆ルシフェニア王国
人種◆止統ルシフェニア人　宗教◆レヴィン教レヴィア派
家族構成◆実父：アルスⅠ世（故人）、実母：アンネ（故人）
実姉：リリアンヌ、義父：レオンハルト（故人）
義姉：ジェルメイヌ

ルシフェニア王宮に仕えていた召使だが、実はリリアンヌの双子の弟・アレクシル王子。革命の際、王女の身代わりとなり処刑された。

◀幼い頃に起きた事件によって、王子としては死んだことになっているアレン。仲間たちに囲まれて召使として働いていた。

※このキャラクターは、クリプトン・フューチャー・メディア株式会社から発売されている、VOCALOID2キャラクター・ボーカル・シリーズ02「鏡音リン・レン」の"鏡音レン"をモチーフにしています。

FanComment ファンコメント

悪ノP様の曲にのめり込むきっかけになったのも彼の『悪ノ召使』ですし。

アレン君最高！

断然　アレンです。アレンの行動と言動に涙腺崩壊する。

リリアンヌのためになんでもするところや健気なとこ好きです。

自分の身よりも、リリアンヌを優先させるアレンの優しさに感動しました。いろいろな人を裏切ったのだから、本当に優しくはないと思われる方もいると思いますが、"守りたい一人のために"というのはまた別の優しさだと思います。

最期までリリアンヌを守ったその姿に感動。また購入時アレンと同い年というのもあり素朴な少年さにも惹かれました

かっこいい!!!

リリアンヌのために自分は悪になってもいい。自分の姉のためにそこまでする、リリアンヌのために剣を使い人を殺したり、馬に乗ることができ、姉を守る、すごくカッコイイです!!

唯一の肉親であるリリアンヌのために尽くし、最後は身代わりもいとわない程の優しさが素晴らしいです……！

なんだ、あの素晴らしき**忠誠心**……
姉さんたちを支えるアレン!!
かっけぇあんな奴に俺はなりたい!!

ArtistComment 悪ノP&壱加コメント

悪ノP：彼が一番人気なのは、まあ予想通りでした。

壱加：やっぱり人気高いなぁ、と。

悪ノP：惜しむらくは彼の場合、一巻で亡くなっているので、三巻以降で人間性についてあまり掘り下げられなかったことかな。

――リンもアレンに関しては吹っ切れていましたしね。

悪ノP：あまり過去を振り返る展開だと、暗くなっちゃいますしね。三巻以降のテイストとはちょっと合わないかも、ってのはありました。ただ、リンは決してアレンのことを忘れているわけではないと思いますよ。うじうじと表に出さないようにしているだけで。それに立場上、それを人に見せるのもまずいし。正体ばれちゃうしw

――たしかに（笑）。壱加さんはいかがですか？

壱加：なんだかんだで主要キャラの中では一番一途なキャラだと思います。亡くなってからも助けにきたりとか。

悪ノP：後半は、ある意味エルルカ以上のスーパーキャラにw

2位 クラリス

35票

（弱音ハク）

Profile

年齢◆21→26歳（生年：479年）
国籍◆エルフェゴート国→ルシフェニア王国
人種◆ネツマ族　宗教◆レヴィン教エルド派
家族構成◆父（幼少時に死亡）、母（499年に死亡）

白い髪と赤い目を持つネツマ族の末裔で、エルフェ人に迫害されていた。ネガティブな性格だったが、ミカエラとの出会いで変わっていった。

▲ネガティブだった彼女も、ミカエラやリンと関わることで少しずつ前向きになっていった。

※このキャラクターは、VOCALOID2 キャラクター・ボーカル・シリーズ01「初音ミク」の派生キャラクター“弱音ハク”をモチーフにしています。

FanComment ファンコメント

ハク姉さんが好きだからというのもありますが、ミカエラをどこまでも想う一途さと、**憎いはずのリリアンヌを許した強さ**と……ミカエラではありませんが、誰より素敵な人です！　革命後、特に『青のプレファッチオ』の明るい貴女も素敵ですよクラリスさん！

幸せになってほしい

この子だけ本当の“一般人”なんですよね。それ故に一番“成長”したキャラな気もします。海辺の教会でのリンとの掛け合いが切なくてとても心を打たれます。リリアンヌがリンとして改心できたのは、クラリスがいてくれたからだと思います。

懸命に取り組む姿が好きです。

友達思いのネガティブなクラリス可愛い！

クラリスの手作りのブリオッシュが食べたいです!!

強く生きていく姿に憧れます。

全部好きだ！

健気でとても可愛いです///

ArtistsComment 悪ノP＆壱加コメント

悪ノP：全編を通して、一番成長したキャラだと思います。

壱加：人間的に一番成長しましたね。

悪ノP：革命や、それに関する一連の出来事を、一般人視点で見たキャラクターがほしい。その思いから生まれたのがクラリスでした。実は初期四人と同時期、エルルカよりも前に考えていたキャラクターでもあります。だから思い入れは深いです。

壱加：受身的な性格から自分から動いていく性格へと強くなっていく過程は、見ていて気持ちよかったですね。あと、口癖の「生きていてごめんなさい」は使い勝手良すぎると思います。作業してるとつい口から出てきます。

悪ノP：元ネタは太宰ですけどねw　だからこれが口癖だと危険ですよw

壱加：部屋で一人でいるとき限定の口癖にするので大丈夫ですw

3位

32票

リリアンヌ=ルシフェン=ドートゥリシュ（リン）

（鏡音リン）

Profile

年齢◆14→19歳（生年：485年）　国籍◆ルシフェニア王国
人種◆正統ルシフェニア人
宗教◆レヴィン教レヴィア派→エルド派
家族構成◆父：アルスⅠ世（故人）　母：アンネ（故人）
弟：アレクシル（アレン）（故人）

ルシフェニア王国の王女。傍若無人な政策から「悪ノ娘」と忌み嫌われていた。革命後は身分を隠し修道院で暮らす。

▲革命から生き延びた彼女は、修道院で「リン」として新たな生活を始めた。

※このキャラクターは、クリプトン・フューチャー・メディア株式会社から発売されている、VOCALOID2キャラクター・ボーカル・シリーズ02「鏡音リン・レン」の"鏡音リン"をモチーフにしています。

Fan Comment ファンコメント

咲き誇れ金色の悪の華！

真実を知ったクラリスに対して「クラリスの好きなようにして」とすべてを受け入れるシーンは、この物語の中でリリアンヌが**大きく成長**したことがわかるとても大好きなシーンです。

強く生きてほしい。

さまざまな感情が交差する物語の中で、その波に**流されず戦った**強くてかっこいい**理想的な女性**です！

一筋に愛しております。

大好きです。心から。

ホントは優しいんですし！　責任感あるし！
可愛い可愛い!!　幼少期も可愛くて好きだ！
悪魔に憑かれちゃっただけで、とってもイイ子!!

幸せになってほしい……。

悪ノシリーズを読み進めて行くにつれて好きになるキャラだと思う。悲しみを乗り越えて成長していくリリアンヌを全力で応援したい。つまり何が言いたいかというとリリアンヌ可愛い。

Artist Comment 悪ノP&壱加コメント

悪ノP：立ち位置については悩みました。原曲を聞いた人は、彼女に対して二通りの解釈に分かれたと思うんです。根っからの悪人なのか、外的な要因のせいなのか……。結果としては、まああんな感じになりました。

壱加：リリアンヌも、前半と後半で性格や雰囲気が結構変わったキャラだと思います。王女から修道女へと環境が変わったというのもあると思うんですが、やっぱりアレンの存在が一番の要因かなーと思ってます。

──リリアンヌも大きく成長したキャラクターの一人ですよね。

4位

29票

エルルカ=クロックワーカー

（巡音ルカ）

Profile

年齢◆秘密♥
国籍◆ルシフェニア王国→無国籍
人種◆レヴィアンタ人
宗教◆レヴィン教レヴィア派
家族構成◆NO DATE

ミステリアスな雰囲気の魔道師で、ルシフェニア三英雄の一人であった。大地神・エルドの依頼で、『大罪の器』を探す旅をしている。

▲達観した価値観とその絶対的な強さ、そして時折見せる人間らしさが人気の秘訣？

※このキャラクターは、クリプトン・フューチャー・メディア株式会社から発売されている、VOCALOID2キャラクター・ボーカル・シリーズ03「巡音ルカ」のキャラクターをモチーフにしています。

FanComment ファンコメント

強く賢く、その上美人！　適当なようでやる時はやるし、なんだかんだで面倒見も良かったり。言いたいことをハッキリ言う口の悪さも可愛いところ。まだまだ謎に包まれているのも、すべてがドツボのド真ん中！　好きで気になって仕方ない!!

ミステリアスで、なんだかんだ言って手伝ったりしちゃう彼女が好きです。

強いし強いし強い。

そしてアビスとの戦いのシーンはかっこよかった！

あのSそうな悪顔とか美人だとかすべて好きですー！

やる時はやるって感じでかっこいい。

適当な割に、意外と強かったり引き締めるべき場面では引き締めているところに惹かれます。

奥が深くて素敵な女性です。ちょっとお茶目なとこも好きです。

エルルカの怪しい感じとかが好きです。

飄々としてるけど、レヴィアンタの災厄や、追想のオルゴールから読み取れる過去が切なすぎてですね。

大好きいいいいいい！

あの不思議な感じがたまらない！

あの自由な感じがいいかなw

エルルカの境遇もっと詳しく知りたいっさ！

ArtistComment 悪ノP&壱加コメント

――今回ようやく表紙に登場しました!!

壱加：マジですか……！

悪ノP：原曲に登場していないキャラクターですからね。これまで前に出られなかったのもある意味しょうがないとは言えるのですがw　逆に、登場していないからこそ、扱いやすかった人ではあります。アダルトキャラなせいか、全編を通して常にどこか余裕がある感じです。

壱加：エルルカは全巻通してブレないキャラクターですよね。長い年月を生きているから芯がしっかりしているというか。そういうキャラクターが好きなので描いていても楽しかったです。

――エルルカは「なんだかんだ世話焼きなところが好き」という意見が多かったですね。

悪ノP：まあ、おばさんだか……なんでもないです。

壱加：面倒見良い感じですよね。

悪ノP：余裕があるキャラのせいか、内面について書ききれていない部分もまだありますが、彼女の場合は他でいくらでも登場する機会があると思うので……設定上w

――大罪シリーズ、座して待て！　ですね。お楽しみに！

5位

26票

カイル＝マーロン

(KAITO)

Profile

年齢◆26(自称22)→31歳(生年：474年)
国籍◆マーロン国　人種◆マーロン人
宗教◆レヴィン教レヴィア派
家族構成◆父：先代マーロン王(故人)、母：プリム皇太后
妹：ネイ(異父)、義弟：アルカトイル(異母)、
他異母兄弟が数名(全員死去)

マーロンの若き国王。母・プリム皇太后の傀儡であることに歯がゆさを感じていた。正義感が強く真面目な性格。

◀王という身分でありながら、自ら前線に立ったり、お忍びでよく出歩いていた。

※このキャラクターは、クリプトン・フューチャー・メディア株式会社から発売されている、VOCALOID「KAITO」のキャラクターをモチーフにしています。

ミカエラに対して健気なところが可愛すぎる!

悪魔の力を知り、一度は頼ってしまった彼が、二度目の悪魔の誘惑に打ち勝ち、**自らの力で戦いに臨んだ**のがカッコよかった……!

どんなに迷ってどんなに悪魔に唆《そそのか》されても、最後には一人で立ち上がる。そんなところが大好きです!!

性格が好きです。ジェルメイヌとの会話が面白い!

Fan Comment ファンコメント

何気に年を誤魔化そうとする**お茶目**(?)なところもあるけど、やるときはちゃんとやってくれるカイル兄様が大好きです!

一番翻弄されていた気がしますが大好きです(笑)。

愛情や憎しみを経験し、自分の弱さと向き合い、苦悩し、最後は大きく成長した若き王に一票。

いろいろ不憫すぎて可愛い〜。そして割りとおいしいキャラだと思う!!

声を大にして言いたい! めっちゃ好き。

Artist Comment 悪ノP&壱加コメント

悪ノP:終わった今だから言うけれど、結構好きなキャラクターなんですよ。ただあまりカッコよく書きたくはなかった。

壱加:革命に参加したり恋愛したり悪魔化したり……思えば忙しい人でした。

悪ノP:「人間の弱さ」というものを一手に引き受けたキャラクターという気もします。まあ行動だけ見ていると、カッコよくはないかなw

――「可愛い」「ヘタレ」というコメントが目立ちましたね。

悪ノP:彼は決してヒーローではないですから。

壱加:総合的に見るとヘタレですよね……w

――彼を「イケメン残念王」と称するコメントもありました(笑)。

壱加:www

悪ノP:ぴったりだと思うw

――フォローさえしてもらえない(笑)。

6位 グーミリア

25票

（Megpoid）

Profile

年齢◆1028→1033歳（外見年齢16→24歳）
国籍◆エルフェゴート国→ルシフェニア王国→無国籍
人種◆精霊→エルフェ人
宗教◆レヴィン教レヴィア派（建前上）
家族構成◆エルド（主）、ミカエラ（同族）

精霊から人間に転生した魔道師。エルルカの弟子として、彼女とともに「大罪の器」を探している。冷静沈着な性格だが、友達思いな一面も。

FanComment ファンコメント

しゃべり口調がすごく好みです。赤での眼鏡着用にテンションがあがったのは私だけじゃないはず。エルルカとのナイスコンビがいいですよね。これからの小説ではペールノエル事件での活躍が楽しみです。あの手銃はグーミリアが作ったのかしら。

無愛想だけれど友達思いなギャップが良い！

不器用ちゃんと片言しゃべりなとこがすごく可愛い!!　そして強い!!

まさか眼鏡をかけてくるとは……あと人間を続けることにした「大事な人」というのが気になる！

ミカエラとずっと一緒にいてほしかったなぁ。

グーミリアに決まっている！

エルルカとグーミリアのその後の旅……気になります！

クールでかっこいい！　眼鏡似合う！

※このキャラクターは、株式会社インターネットから発売されている、VOCALOID2 アーティストボーカル「Megpoid」のキャラクターをモチーフにしています。

7位

19票

ジェルメイヌ=アヴァドニア

（MEIKO）

Profile

年齢◆20→25歳（生年：480年）
国籍◆ルシフェニア王国（抹消）
人種◆ベルゼニア人　宗教◆レヴィン教レヴィア派
家族構成◆義父：レオンハルト（故人）、
義弟：アレン（故人）

ルシフェニア王国三英雄の一人・レオンハルトの義娘で、アレンの義姉にあたる。レジスタンスのリーダーとして名望を集めた「赤き鎧の女戦士」。

FanComment ファンコメント

本当に格好良い。憧れる。

女性としてとても勇敢でかっこよかった。自分もそんな人になりたいと思いました!!

最終巻でリンと対面した時、リリアンヌとわかった上でのあの言葉はなんとも言えない気持ちになりました。ジェルメイヌの弱くて強いところが好きです

彼女の姐御肌で情が深いところが大好きです。幸せになってほしい(｡･ω･｡)

女戦士格好いい！　素敵！　多分悪ノ娘ノベルの中で一番イケメンな気がするw　黄での「悪とは一体何なのですか」の台詞が全四巻通して一番好きな台詞だったりします。革命の後、ベルゼニアに至るまでのお話も読んでみたいです。

作中、彼女が傷の治りの速さについて言った台詞が、思いのほかツボで一気に好きになりました♪

※このキャラクターは、クリプトン・フューチャー・メディア株式会社から発売されている、VOCALOID「MEIKO」のキャラクターをモチーフにしています。

8位

17票

ネイ=マーロン(フタピエ)

(亞北ネル)

Profile

年齢◆18歳→23(享年)(482－505)
国籍◆ルシフェニア王国→マーロン国　人種◆マーロン人
宗教◆レヴィン教ビヒモ派
家族構成◆母：プリム皇太后、兄：カイル、
他異母兄弟が数名、義母：マリアム

マリアムの義娘で、革命後はマーロン国の特務工作部隊長をしていた。幼い頃は魔術研究の実験台としてアビスI.R.に育てられていた。

FanComment ファンコメント

作中ではずっと悪役だったけれど、青のプレファッチオを読んで本当は可哀想な子だったことに気づきました。幸せになってほしかったです。

プリムや悪魔に翻弄され続けた、悲しい最後の人生は涙ものでした。

プレファッチオの戦闘シーンの暴走っぷりが好きです

ネイになら刺されても至福。

あんなふうにネイを利用した人たちが許せない。可哀想すぎる。本当はいい子なのに……。

狂った表情とか、性格、すべてにおいて好き。

あの狂気の顔が最高!!!

いろいろ酷いことをしてきた彼女ですが、ネイも大罪の器の被害者かなと……。あとコンチータ様のドレスをまとったネイが好きすぎます！

※このキャラクターは、VOCALOID2 キャラクター・ボーカル・シリーズ01「初音ミク」の派生キャラクター“亞北ネル”をモチーフにしています。

9位

11票

ガスト＝ヴェノム

（神威がくぽ）

Profile

年齢◆享年39（461－500）
国籍◆無国籍
人種◆アスモディン人
宗教◆NO DATE
家族構成◆妹：セイラ（故人）

「アスモディンの悪魔」の異名を持つ凄腕傭兵。「大罪の器」の一つである、【ヴェノム・ソード】を探していた。

FanComment ファンコメント

とりあえずセイラ、妹君との謎の過去を早く……!!　侍というものが好きなので、日本刀で戦うシーンたまらないです。

過去等が本当に気になりますね。もっと彼のことが知りたいと同時に過剰なまでのシスコン属性を希望。

美形なところw　とアレンに共感して雇われるあたりが良い。作中でほのめかされてた彼の過去についても知りたいです

一巻だけなのが残念です。もっと活躍を見たかった。

妹のことが気になります！

あんまり出なかったけど
かっこよかった！

※このキャラクターは、株式会社インターネットから発売されている、VOCALOID2 アーティストボーカル「がくっぽいど」のキャラクターをモチーフにしています。

10位

10票

ガレリアン＝マーロン

（KAITO）

Profile

国籍◆USE
人種◆マーロン人
家族構成◆妻、娘

カイル＝マーロンの子孫。八七八年に発足された、マーロン・レヴィアンタ・エルフェゴート・ルシフェニアの四国による連合国家USEの暗星庁長官。娘を大事にしていたが、とある事故により亡くしてしまう。

※このキャラクターは、クリプトン・フューチャー・メディア株式会社から発売されている、VOCALOID「KAITO」のキャラクターをモチーフにしています。

FanComment ファンコメント

強欲裁判官大好きだーっ!!
子持ちってところがまたいいですよね。
料理も得意そう。
新シリーズの強欲の小説が楽しみです。

悪徳守銭奴裁判官大好きです！　お子さん思いのお父さんってのが青の最後で伝わってきて本当はいい人だったのかな……とか考えてしまいます。

ガレリアンさんが好きです。

とりあえず子持ちおっさんなガレ様タマラン。
最期の最期まで自分を貫き通した姿には惚れるしかない！　ユートピア完成するといいですね！

カッコいい！
娘さん思いの優しいお父さんだし！
救いが欲しけりゃ金を出せ!!!

※このキャラクターは株式会社AHSから発売されている、VOCALOID2ボカロ小学生「歌愛ユキ」のキャラクターをモチーフにしています。

11位（同着） 9票

ユキナ＝フリージス

（歌愛ユキ）

Profile

年齢◆9→14歳（生年：491年） 国籍◆マーロン国
人種◆マーロン人 宗教◆レヴィン教エルド派
家族構成◆父：キール、母：ミキナ、弟：ショウ、妹：アイル

フリージス家の長女。九歳にして小説家デビューした、超有望新人作家。数々の名作を生み出し、後世にも名を残している。

FanComment ファンコメント

あの好奇心旺盛な感じが好き。あとクラリスと再開のシーンも良かった。／意志が強いところが大好きです!!!／あの、行動的なユキナにいつもドキドキしながら姉や母のような目線で見守ってましたｗ／かわいいです!! ユキナちゃんの書いた小説をのちのちのガレリアンさんが読んでるのをみて感動!!／大人になりましたよね……。赤で出てきたカラスのうんぬんの童話が読んでみたいです。

11位（同着） 9票

シャルテット＝ラングレー

（重音テト）

Profile

年齢◆26→31歳（生年：474年） 国籍◆ルシフェニア王国（抹消）
人種◆NO DATA、宗教◆レヴィン教レヴィア派
家族構成◆父、母

ベルゼニア帝国のラングレー部隊隊長。巨大な剣を振り回して闘う、怪力の持ち主。元はルシフェニア王宮に仕えるメイドであった。

FanComment ファンコメント

豪快でさっぱりした性格に好感が持てました。一緒にいたら楽しい人だと思います／大剣を振り回すパワーファイターで、前向きな感じが良いと思いました／この子の勇姿を読みたくて全巻揃えたとか恥ずかしくて言えｎ／悪ノ娘キャラの中で珍しく「過去ではなく今を生きる」キャラで頭で考えるより身体が動いてる感がステキ！／アホの子大好きです。見た目可愛いのに発言で残念になるｗ

※このキャラクターは"重音テト"をモチーフにしています。

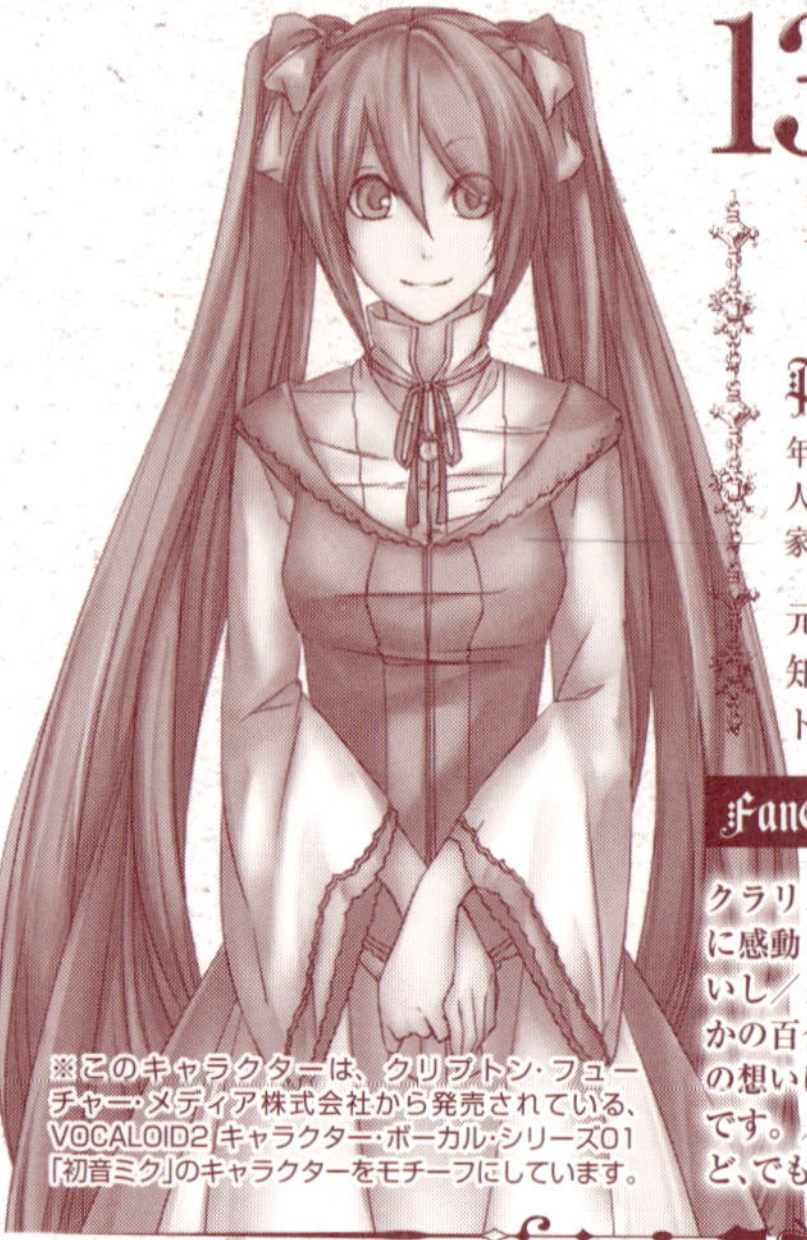

13位

8票

ミカエラ

（初音ミク）

Profile

年齢◆1028→1033歳（人間としては享年16）　国籍◆エルフェゴート国
人種◆精霊→エルフェ人　宗教◆レヴィン教エルド派（建前上）
家族構成◆エルド（主）、グーミリア（同族）

元は精霊だったが、人間へと転生し「歌姫」として知られていた。人としての生を終えた後は、エルドの後継者として世界を見守っている。

FanComment ファンコメント

クラリスと二人幸せにしてあげたい(>_<)／あの子の優しさに感動しました＊／やっぱ可愛いしクラリス助けたりで優しいし／クラリスとの掛け合いがとても好みです。緑でのまさかの百合（？）に少しだけ驚きましたが、友情以上のお互いへの想いは素敵ですね。新エルド神としても、頑張ってほしいです。／いなくなっちゃうことは分かってた。分かってたけど、でも……幸せになってほしかった。

※このキャラクターは、クリプトン・フューチャー・メディア株式会社から発売されている、VOCALOID2 キャラクター・ボーカル・シリーズ01「初音ミク」のキャラクターをモチーフにしています。

14位

7票

リリアンヌ（リリィ）＝ムーシェ

（Lily）

Profile

年齢◆25歳（生年：480年）　国籍◆マーロン国（旧ルシフェニア王国）
人種◆ルシフェニア人　宗教◆レヴィン教レヴィア派
家族構成◆父：ギャストン（故人）

レタサン要塞の元司令官で、男勝りなサバサバした性格をしている。リリアンヌという名前を嫌い、「リリィ」と名乗っている。

FanComment ファンコメント

めっちゃ好きです♪(´θ`)ノ／気さくで男勝りな性格が好きです。かっこいいなぁ、と思いながら小説を読んでいました。／あのかっこいい雰囲気が大好きです!／Lilyｷﾀ-!!　ってなったのは私だけじゃないはず。男前女将軍たまらんです格好いいです素敵。彼女の一言があったからこそ、ジェルメイヌは前に進めたんじゃないかなと思います。ユキナちゃんとの組み合わせも好き。身長差すごいですよねw

※このキャラクターは株式会社インターネットから発売されている、VOCALOID2 ボーカロイドアーティスト「Lily」のキャラクターをモチーフにしています。

※このキャラクターは株式会社AHSから発売されている、VOCALOID2ボカロ先生「氷山キヨテル」のキャラクターをモチーフにしています。

15位（同着）　6票

キール＝フリージス

（氷山キヨテル）

Profile

年齢◆27→32歳（生年：473年）　国籍◆マーロン国
人種◆マーロン人　宗教◆レヴィン教エルド派
家族構成◆妻：ミキナ、子息：ユキナ（長女）、ショウ（長男）、アイル（次女）

商業連合の総帥を務める豪商。マーロン国の王であるカイルとは親友である。親馬鹿で、子供のこととなると容赦がない。

FanComment ファンコメント

親バカなところ、ユキナへの愛情。それとカイルとの会話とかがお気に入りです。／親バカ最高!!／カイルに対する悪友らしい軽口と果てしない親馬鹿魂との落差が愛しい。／親ばかキールさん可愛いですw ユキナに抱きついたカイルに激怒するシーンは最高ww／親バカが微笑ましいけど、商人としての顔、カイル王の親友(悪友？)としてもツボ。

15位（同着）　6票

エイン

（—）

Profile

国籍◆エルフェゴート国　人種◆エルフェ人
家族構成◆父（故人）、母（故人）
備考◆ヤツキ村の青年。クラリスに片思いしていた。クラリスとミカエラをアケイドへ逃がした後は、エルフェゴート軍に所属。緑狩りの際、窮地に陥ったミカエラたちを助け森へ逃げ込むが、追いついたルシフェニア軍によって殺害された。

FanComment ファンコメント

最後までクラリスとミカエラを導いてくれたので。ただクラリスに想いを伝えられなかったのが残念です。第三弾でユキナたちが墓前で祈ったシーンはまさか書かれるとは思っていなかったので嬉しかったです。／本当はクラリスを守りたかったのに、ミカエラを守ったり、いろいろ優しかったから。／クラリスと幸せになってほしかったなー！／作中一番のイケメンでした。もう少し活躍してほしかったです。

※このキャラクターは、ZERO-Gから発売されている、VOCALOID「LEON」を元に独自にキャラクター化しています。

17位

5票

レオンハルト＝アヴァドニア
(LEON)

Profile

年齢◆享年38（462－500）　国籍◆ルシフェニア王国
人種◆NO DATE　宗教◆レヴィン教レヴィア派
家族構成◆義子：ジェルメイヌ、アレン（故人）

アレンやジェルメイヌの義父。三英雄の一人で、ルシフェニア王族の親衛隊として活動していた。ジェルメイヌと同じく酒好き。

FanComment ファンコメント

彼が亡くなったところでは泣いたよ。／どこまでもまっすぐな性格がかっこいい。／あの子らにしてこの父親あり、あるいはこの父親にしてあの子らあり。血は繋がっていなくとも、親子なのだな、と。／おじさん好き好きvV 黄でいきなり死んじゃうのが惜しいくらい好きです。

18位

3票

アンネ＝ルシフェン＝ドートゥリシュ
(SWEET ANN)

Profile

年齢◆享年42（457－499）　国籍◆ルシフェニア王国
人種◆NO DATE　宗教◆レヴィン教レヴィア派
家族構成◆夫：アルスⅠ世、娘：リリアンヌ、息子：アレクシル

厳格さと気品を兼ね備えたルシフェニア王国の先代女王で、リリアンヌとアレンの実母。マーロン皇太后・プリムとは親友であった。

FanComment ファンコメント

出番が少ねぇｗｗ　でも、頼もしさとか、気品があっていいと思うなぁ。／リリアンヌとアレクシルがまだまだガキンチョだった頃の、子育て奮闘記とか見てみたいですね。意外と怖いお母様だったりしたのかも（逆にアルス王は二人に甘そう）。／素晴らしい王妃だったと思います。彼女が生きていたら双子の運命も変わっていたかなと思うと涙が……。あと、今後、過去話とかでまた会えると嬉しいです。

※このキャラクターは、PowerFXから発売されている、VOCALOID2「SWEET ANN」を元に独自にキャラクター化しています。

※このキャラクターは、ZERO-Gから発売されている、VOCALOID「MIRIAM」を元に独自にキャラクター化しています。

19位（同着）　2票

マリアム＝フタピエ
(MIRIAM)

Profile

年齢◆享年32（468－500）　国籍◆ルシフェニア王国
人種◆アスモディン人　宗教◆レヴィン教レヴィア派
家族構成◆義子：ネイ

優秀な諜報員で、三英雄の一人。ガストとは旧知の仲。革命時のシャルテットとの戦闘は、「天国庭園の戦い」と語り継がれている。

19位（同着）　2票

アイル＝フリージス
（月詠アイ）

Profile

年齢◆10歳（生年：495年）　国籍◆マーロン国
人種◆マーロン人　宗教◆レヴィン教エルド派
家族構成◆父：キール、母：ミキナ、姉：ユキナ、兄：ショウ

フリージス家の次女。容姿や性格は母親似で、大人しい印象を受ける。幼い頃から体が弱く、一時はミキナがつきっきりで看病していた。

※このキャラクターは株式会社AHSから発売されている、VOICEROID「月詠アイ」のキャラクターをモチーフにしています。

※このキャラクターはZERO-Gから発売されている、VOCALOID2「PRIMA」を元に独自にキャラクター化しています。

19位（同着）　2票

プリム＝マーロン
(PRIMA)

Profile

年齢◆享年48（457－505）　国籍◆マーロン国
人種◆ルシフェニア人　宗教◆レヴィン教レヴィア派
家族構成◆夫：先代マーロン王（故人）、息子：カイル、娘：ネイ（故人）、弟：プレジ（故人）

マーロン国の皇太后で、カイルやネイの実母。ルシフェニアの貴族、ログゼ家の出身である。

19位
(同着)
2票

アルカトイル＝マーロン
(？)

Profile

国籍◆マーロン国
宗教◆レヴィン教レヴィア派
家族構成◆父：先代マーロン王(故人)、母、義兄：カイル、他異母兄弟数名(全員死去)

19位(同着)
2票

バニカ＝コンチータ
(MEIKO)

Profile

年齢◆享年29(296－325)　国籍◆ベルゼニア帝国
人種◆ベルゼニア人
家族構成◆父：ムズーリ、母

童話『吸血娘ヴァニカ』のモデルとなっている人物。ベルゼニア食文化の発展に貢献した。

『悪食娘コンチータ』Illust:壱加
※このキャラクターは、クリプトン・フューチャー・メディア株式会社から発売されている、VOCALOID「MEIKO」のキャラクターをモチーフにしています。

19位
(同着)
2票

Ma
(―)

Profile

年齢◆NO DATE　国籍◆NO DATE
人種◆蛇国人　宗教◆NO DATE
家族構成◆NO DATE

19位(同着)
2票

悪食の悪魔
(MEIKO)

Profile

人種◆大罪の悪魔(姿はバニカを模している)
器◆グラス・オブ・コンチータ

『大罪の器　グラス・オブ・コンチータ』に宿る悪魔。「墓場の主」になろうとしている。

※このキャラクターは、クリプトン・フューチャー・メディア株式会社から発売されている、VOCALOID「MEIKO」のキャラクターをモチーフにしています。

26位（同着）　1票

アビスI.R.

（？）

Profile

年齢◆NO DATE　国籍◆マーロン国→無国籍
人種◆NO DATE　宗教◆NO DATE
家族構成◆NO DATE

歴史の裏で暗躍する魔道師。プリムに「大罪の器」の存在を教えた人物で、いつも赤猫を連れていた。その正体とは——？

26位（同着）　1票

ショウ＝フリージス

（月詠ショウタ）

Profile

年齢◆12歳（生年：493年）　国籍◆マーロン国
人種◆マーロン人　宗教◆レヴィン教エルド派
家族構成◆父：キール、母：ミキナ、姉：ユキナ、妹：アイル

フリージス家の長男で、ユキナの弟。生意気なところがあるが家族想いの少年。キールの後継者として、現在商売のノウハウを勉強している。

※このキャラクターは株式会社AHSから発売されている、VOICEROID「月詠ショウタ」のキャラクターをモチーフにしています。

26位（同着）　1票

ミキナ＝フリージス

（miki）

Profile

年齢◆32歳（生年：473年）　国籍◆マーロン国
人種◆マーロン人　宗教◆レヴィン教エルド派
家族構成／夫：キール、子息：ユキナ（長女）、ショウ（長男）、アイル（次女）

キールの妻で三児の母。人を見る目に長けているが、子供に関しては心配性な一面も。

※このキャラクターは株式会社AHSから発売されている、VOCALOID2アーティストエディション01「SF-A2 開発コード miki」のキャラクターをモチーフにしています。

26位（同着）　1票

イヴ＝ムーンリット

（初音ミク）

『moonlit bear』Illust：鈴ノ助
※このキャラクターは、クリプトン・フューチャー・メディア株式会社から発売されている、VOCALOID2 キャラクター・ボーカル・シリーズ01「初音ミク」のキャラクターをモチーフにしています。

Profile

年齢◆NO DATE（～014年）　国籍◆エルフェゴート国
人種◆エルフェ人
家族構成◆夫、子供（夭折）、義子二人

「七つの大罪」、『大罪の器』を生み出すきっかけとなった「原罪者」。

26位（同着）　1票

サテリアジス＝ヴェノマニア

（神威がくぽ）

『ヴェノマニア公の狂気』Illust：鈴ノ助
※このキャラクターは、株式会社インターネットから発売されている、VOCALOID2 アーティストボーカル「がくっぽいど」のキャラクターをモチーフにしています。

Profile

年齢◆NO DATE（～137年）　国籍◆ベルゼニア帝国
人種◆アスモディン人
家族構成◆NO DATE

ベルゼニア帝国アスモディン地方の公爵。『大罪の器』を使いヴェノマニア事件を起こした。

26位（同着）　1票

トラウベンの実

（一）

Profile

生産地◆エヴィリオス地方全域　分類◆蔓状の被子植物
特徴◆果実は房状に成り、ワインなどの加工品に利用される

総得票数366票！
たくさんの投票誠にありがとうございました!!

歌姫三落つ。
←5位
カイル
1位
アレン
悪ノ娘キャラクター人気投票記念漫画
画・タンチョ
えっ
クラリス
2位
ミカエラ
13位
リリアンヌ
3位
番狂わせも
あったものね…
意外っスね
……
8位
ネイ
11位
ジャルロッド
7位
ジェルメイヌ
ガスト
9位
ユキナ
11位
何はともあれ
たくさんの投票
ありがとう
ございました
エルルカ
4位
グーミリア
6位

悪ノP×壱加　お疲れ様対談

ノベル『悪ノ娘』シリーズを終えた、著者の悪ノPさんと挿絵を担当した壱加さんに、二年間の制作を振り返っていただきました。

手探りから始まったノベルシリーズ

——ノベル『悪ノ娘』シリーズ完結お疲れ様でした！　今のお気持ちをお聞かせください。

悪ノP：改めて振り返ってみると、よく四冊も書けたなあ、と。

壱加：とりあえずやり遂げた感ですねー。あと少しだけやっちゃった感も。

——第一弾『悪ノ娘　黄のクロアテュール』の発行が、丸二年前なんですよね……。

悪ノP：最初の頃はいろいろと試行錯誤でしたね。僕もまわりも。

——特に印象に残っている出来事はありますか？

悪ノP：当時の編集さんに「うちも小説やるのは初めてなんでよろしくお願いします」と言われた時はどうしようかとw　いやいや、こっちも初めてだよ、ってw　VOCALOID小説というものの前例がなかった時だったので、お互い手探りで進めていた感じではありましたね。

——壱加さんはいかがですか？

壱加：イラストに他の方の目や添削が入る経験はあまりなかったので、いろいろと勉強になったなぁと。

——ちなみに、「やっちゃった感」とは？

壱加：やっちゃった感は……三、四巻のカバー下とかw

——（笑）。カバー下、とても好評でしたよ！

悪ノP：ああいうサプライズがあったほうが面白いですよw

——人気投票のコメントにも、「カイルの悪魔姿かっこよかった」「ネイのドレス可愛い」というコメントが多かったです。

壱加：やったーw

悪ノP：そこらへん、結構思いつきで作った設定なんですけどねw　イラストになることを考えて、見た目の変化があったほうが面白いかな……とw

壱加：それ聞くと、ネイのドレス姿を挿絵で描けなかったのが悔やまれますね。

——挿絵の話が出ましたが、これまでの四巻＋短編の挿絵の中で、お気に入りのものはありますか？

壱加：やっぱり一巻の見開きの挿絵ですね。楽曲内でも印象に残るシーンだったので。

悪ノP：僕もそこかなー。見開きの挿絵は各巻にありますが、うまい具合にキャラがばらけてますよね。

壱加：あー、確かに！

——そうですね。三、四巻だけ逆ですが、基本的には表紙のキャラクターが配置されています。

悪ノP：あ、そうですね。でも原曲『悪ノ娘』の動画イラストにいた五人（鏡音リン・レン、初音ミク、MEIKO、KAITO）＋クラリスがそれぞれメインで、ちょうど良かったなあと。

——悪ノPさんがうまい具合にそれぞれのキャラクターの見せ場を作ってくださったからこそできた演出ですね！

▲第三弾カバー下イラストは悪魔化したカイル。制作中の壱加さんの息抜きイラストを使用させていただいた。

▲第四弾カバー下イラスト。『悪食の悪魔』を宿すと、ネイの姿は真っ赤なドレス姿になったのだ。

悪ノP：キャラが多いから大変でしたけどねｗ

――お疲れ様でした（笑）。では、悪ノPさんが「もう少し書きたかった」という部分や、壱加さんが「もっと描きたかった」というキャラクターやシーンはありますか？

壱加：ネイはイラストに起こしたいシーンが多かったので、もうちょっと描きたかったかなと思います。

悪ノP：細かいところではたくさんありますね。ジェルメイヌの一巻から三巻の間の出来事とか、ネイの過去とか。

――三～四巻のネイはすごかったですね。

悪ノP：ネイに関しては、一巻の革命シーンでも本当はもっと見せ場があったはずなので、本文で書けなかったのがちょっと残念です。ガイドブック『悪ノ間奏曲』の漫画のおかげで補完はできましたけど。あのメイド対決を本編でカットしているせいで、四巻のカイルの時計塔での最後の一撃がわかりづらくなってしまったかも、とちょっと思います。

――ああ、ロケット手甲……。これはもうネイ視点の外伝を書くしかない感じですか（笑）。

悪ノP：そこらへんを言っていると、キリがないんですけどねｗ　三英雄も掘り下げて書いたら、それだけで長編一冊分になるでしょうし。テンポ重視でカットしたところは結構多いですね。三～四巻はそれでも当初の予定より多くなっちゃいましたけどｗ　なんだかんだで、カットの割合を一番食らっているのは、レオンハルトさんのような気がします。本編だと、最初にアレンにやられただけの人になっちゃってますしねｗ

――キャラクター人気投票で「レオンハルトの子育て奮闘記が見たい」というコメントがありましたね。

壱加：それは見たい。

悪ノP：結果だけを見るに、微妙に子育てに失敗している気もしますがｗ　もし二人に母親がいたら、もう少し違った結果になったのではないか……と少し思います。レオンハルトの良い部分をどちらもしっかり受け継いでいるのですが、それが仇になっているところもありますし。

——なるほど。『悪ノ娘』のキャラクターたちは、父母に強い影響を受けた人が多い印象はありますね。マザコン・ファザコンが多い気が……。

▲『悪ノ間奏曲』収録『銀のルトルーヴェ』（原作：悪ノP、漫画：CAFFEIN）より。三英雄マリアムとネイは、宴会用兵器によって敗れたということに……。

悪ノP：シリーズ全体の隠しテーマというわけではないのですが、あえてそういう要素を全員に入れていたりします。時代背景的にも、親の影響で人生が決まってしまう人も多かったでしょうし。

——そう考えると、いろんな意味でユキナは特殊なキャラクターなんですね。

悪ノP：他のキャラクターに対してのアンチテーゼ的な立ち位置ではありますよね、ユキナは。ただ彼女も、最終的には母親のために暴走することになってしまいました。それを考えると結局ユキナも因果からは抜けられていないわけです。「大罪の器」自体が、一人の母親の暴走から生まれて、それを原罪とするなら、『悪ノ娘』のキャラクターは、皆その罪を背負って「贖罪」として親の影響を受け続ける……そんなふうに考えることもできます。

——……なんだかとても深い話になってきましたね。これはこれでじっくり聞きたいところなのですが、壱加さんが会話から消失しています（笑）。

壱加：すいませんｗ　話を聞いているのが面白くてついＲＯＭ状態に……。個人的にはそのまま続けてほしいところですｗ

悪ノP：こういうことを語りだすとキリがないので、ここら辺でやめておきましょうｗ

——また別の機会にじっくり聞かせてください！

安定と意外の投票結果

——今回ファンブックの発売を記念して人気投票を行いましたが、順位を見ていかがでしたか？

悪ノP：やっぱり、『悪ノ召使』『悪ノ娘』『白ノ娘』と、曲の主人公になっているキャラクターたちが強いですね。

壱加：大体予想通りな感じですが、ちょくちょく意外なキャラクターが入ってるなー、と。

——具体的にどのあたりが意外でしたか？

壱加：ガレリアンとエインと、あとミカエラの順位がちょっと意外

キャラクター人気投票結果

1位　アレン＝アヴァドニア
2位　クラリス
3位　リリアンヌ＝ルシフェン＝ドートゥリシュ
4位　エルルカ＝クロックワーカー
5位　カイル＝マーロン

6位　グーミリア
7位　ジェルメイヌ＝アヴァドニア
8位　ネイ＝マーロン（フタピエ）
9位　ガスト＝ヴェノム
10位　ガレリアン＝マーロン
11位　シャルテット＝ラングレー、ユキナ＝フリージス
13位　ミカエラ
14位　リリアンヌ（リリィ）＝ムーシェ
15位　キール＝フリージス、エイン
17位　レオンハルト＝アヴァドニア
18位　アンネ＝ルシフェン＝ドートゥリシュ
19位　マリアム＝フタピエ、アイル＝フリージス、プリム＝マーロン、アルカトイル＝マーロン、バニカ＝コンチータ、Ma、悪食の悪魔
26位　アビスI.R.、ショウ＝フリージス、ミキナ＝フリージス、イヴ＝ムーンリット、サテリアジス＝ヴェノマニア

な感じでした。

悪ノＰ：ミカエラ人気ないですねｗ　初期キャラなのにｗ　ミカエラに限らず、僕の曲のミクって、受け身なキャラ設定になることが多いんですよね。だから全体的に人気が出ない。世間での一般的なＶＯＣＡＬＯＩＤ評価と逆行している感じなんですよね。あと、キールは全巻に出ているのに、二巻でしか出ていないエインと同着ｗ

――キールが低いのかエインが高いのか（笑）。

悪ノＰ：ミカエラとキールの間にランクインしたリリィ。彼女は構想時ではもっと活躍するはずだったのですが、予定が変わったので割を食らっちゃった感じで、ちょっとかわいそうだったなと思います。

壱加：個人的にリリィの活躍はもう少し見てみたかったなという気はします。

悪ノＰ：本当はマーロンまでついていくはずだったんですけどね。キャラがこれ以上増えると収集がつかなくなるので、お留守番ということになりました。

壱加：そうだったんですか！

悪ノＰ：逆にユキナが、当初の予定より出番が増えたので、彼女は得をしたと言えるのかな。キールも初期構想よりは、だいぶ出番が増えてるんですけどねえ……。

壱加：キールは……なんか扱いがいつの間にか不憫なんですよ。一巻から出てるのに、三巻の挿絵の段階で今まで描いたことないな、と思い出して、急遽キールが出てくるシーンを挿絵に選定したくらいに。

悪ノＰ：まあ最初の位置づけでは、ただの脇役でしたからねえ……。金持ちキャラはあんまり出張ると便利すぎるので、途中から活躍させるのを控えた部分もあります。あと、10位ｗ　お前ちょっと待て、とｗ

壱加：ｗｗｗ　10位は最大の突っ込みどころだと思いますｗ

悪ノＰ：ガレリアンは僕の思う以上に人気なんだよなあ……。

壱加：私もすごく好きなキャラですけどね。人気投票はちょっと自重しろとｗ

悪ノＰ：「もともとこのシリーズのキャラじゃないだろうｗ」と言いたい。まあ、登場させるのを決めたのは結局僕なんですけどね。

壱加：制作当時、プロットで出てくるのを確認した時テ

ンション上がってましたｗ

悪ノＰ：最後は彼を登場させるか、大人になったユキナに語らせるか、悩んだんですけどね。次の大罪シリーズに繋げるには、彼を登場させたほうがいいかな……と。

壱加：大罪シリーズ用に顔見せですねｗ

――実際、「大罪シリーズ楽しみ！」というコメントが多かったので、大成功でしたね（笑）。ちなみにガレリアンのコメントには、なぜか「子持ち」「お父さん」という単語が目立ちました……。ついでに言うと、キールに寄せられたコメントのすべてに「親馬鹿」という単語が（笑）。

壱加：キールｗｗ

悪ノＰ：キールの親馬鹿は、巻が進むごとにどんどん深刻になっていきましたね……ｗ

――親馬鹿の顔と商人の顔、カイルの悪友の顔、この三つのギャップが良いみたいです。同着のエインの健闘ぶりも驚きましたね。

悪ノＰ：ＶＯＣＡＬＯＩＤキャラですらないですからね、彼。

壱加：でも良いキャラしてると思います。

――完全オリジナルキャラでは唯一のランクインでした。ザスコとかヤレラとか、結構濃いキャラクターが他にもいたと思うんですけどね（笑）。

悪ノＰ：その二人も地味に出番多いですよねｗ　彼らとガストの関係性とかも、もっと書けたら良かったなあと思います。需要ないでしょうけどｗ

――ヴェノム傭兵団の設立話とかですか？

悪ノＰ：多分書いても、そんなに面白くない話になるかとｗ

――四巻では外見の描写まで出てた二人なのに（笑）。

悪ノＰ：今でもどっちがザスコで、どっちがヤレラだったか、わからなくなる時がありますｗ

――問題発言が（笑）。

悪ノＰさんと壱加さん

――黄ノ国ルシフェニアから青ノ国マーロンまで様々な国が登場しましたが、お二人が旅してみたい、または暮らしてみたい国はどこですか？

壱加：一番平和そうなエルフェゴートで。

悪ノＰ：旅するならベルゼニアかな。エルフェゴートは結構陰険ですよ。住人が。

壱加：引きこもるんで問題なしです……！

悪ノＰ：自然も多いし、首都ならそれなりに不便なく暮らせそうですよね、エルフェゴート。

――悪ノＰさんはベルゼニアのどの辺を旅したいですか？

悪ノＰ：あんまり本

▲キャラクター設定画にあった壱加さんの落書き。ユキナの家出はキールにとってかなりのショックだった模様。

編中には出てきていないですけど、南部は結構のどかで、歴史的建造物も多い感じという設定なんです。コンチータ館とか。そこらへんかなー。

壱加：歴史的建造物を見て回るのは良いですねー。

悪ノP：コンチータのお膝元なので、ご飯も美味しいはずです。

壱加：美味しいご飯が食べられるなら、私もベルゼニアの南部行ってみたいですw

悪ノP：元は軍事大国だから、戦争になるとやばそうですけどね。

——なるほど、戦時中の体制はすごそうですね。マーロンはご飯美味しくないって噂ですし……（笑）。

悪ノP：一番豊潤に暮らせるのはマーロンだと思いますよ。軍事、歴史、自然……一番これらのバランスが取れているのは、マーロンな気がします。

——ルシフェニアも、共和国になった後ならそれなりに良さそうな気はしますけどね。

悪ノP：大陸の真ん中にあるから、他国のもめごとに今後も巻き込まれそうですけどね。犯罪率も高そうです、なんとなく。殺人鬼とか現れて騒動になるんじゃないでしょうか、百年後くらいに。

——（笑）。では次はお二人についてお聞きします。楽曲『悪ノ娘』からコラボを続けられているお二人ですが、お互いの印象について教えてください。

悪ノP：もう四年くらいになりますか。

壱加：……もう四年経ってるんですね。

悪ノP：初めて直接顔を合わせたのは三年程前ですが、良くも悪くもその頃から印象は変わってないかも。

壱加：丁寧な人だなという印象は結構最初の頃からあって、今も特に変わっていないですねー。

悪ノP：お互いについて、あまり深入りしすぎていない感じはあります。それが逆によかったのかもしれないですけど。

——そういえば以前、悪ノPさんが「壱加さんに心を開いてもらえない」みたいなことおっしゃってましたね。

壱加：ちょ……w

悪ノP：勝手なイメージですが、壱加さんはあんまりガンガンこられるのが嫌いなタイプだと思っているので、こちらも自重しているところはありますw

壱加：正直なところを言うと、自分が素で対応すると、良

▲国境付近のレタサン要塞は、ベルゼニア、ルシフェニア、マーロンと統治者を変えた奇異な街だ。

くも悪くも八割がた変人と称されるので、一線引いてるところはありますｗ
悪ノP：他人に対するそういったスタンスは、似ているかもしれないですね。
壱加：こう、適度な距離感というかｗ　そのあたりの考えは似ている気はするので、楽ですね。
悪ノP：二人とも、大勢集まった場所で、ワイワイやるタイプではないですよねｗ
壱加：そうですねー、少人数でひっそりというか。あと、やっぱり悪ノさんのほうが年上なので、失礼なことを口走らないように気をつけている部分はありますよｗ
悪ノP：僕自身は年齢での上下関係とか、あまり気にはしていないのですが、周りはやっぱり気を遣ってくれちゃいますよね。
壱加：人によっては「年上に敬語」は、癖みたいになってますからね……こればっかりは。
悪ノP：まあ、無礼なよりはいいかと思いますよｗ
――お互い似た者同士なんですね（笑）。それでは、お互いに向かってメッセージをお願いします！
悪ノP：「これからも、よろしくお願いします」。これ以上のメッセージはないかな。今後もいろいろやっていくと思うし。あまり長いメッセージだと、最後の別れみたいになっちゃうｗ
壱加：毎回良い悪役キャラをありがとうございます。これからもよろしくお願いいたします。
――悪役キャラ（笑）。
壱加：悪役キャラ大好きなので、毎回ガッツリ補給させていただいてますｗ　真面目なメッセージじゃなくて申し訳ない……ｗ
悪ノP：僕も悪役キャラのほうが好きですしね。善人は他の方に任せますｗ
壱加：善ノPが完全にいなくなった瞬間を見た気がします……。
――では善ノP成分がなくなった（笑）悪ノPさん、発売が控えている新シリーズの見所を少しだけ教えてください。
悪ノP：装いも新たに――、といったところでしょうか。VOCALOIDキャラクターは出ますが、今までとは役割が変わっていきます。善人だったキャラクターが悪役になったり、その逆だったり……。また、『悪ノ娘』から継続して同じ役割で登場するキャラクターもいます。出番の少なかったアビスI.R.とか、活躍の機会が増えるかも。
――ありがとうございます！　では最後に読者の皆さんにひと言お願いします！
悪ノP：もうちょっとだけ続くんじゃ、というわけでこれからも応援よろしくお願いします！
壱加：『悪ノ娘』完結で、ひとまずひと段落です。またどこかで見かける機会がありましたらよろしくお願いします。

▲四年前にニコニコ動画に投稿された『悪ノ娘』のサムネイル。すべてはここから始まった！　今後の展開にもこうご期待!!

絵師 お疲れ様座談会

お疲れ様座談会二本目は、『悪ノ娘』シリーズを彩ってくれた絵師三人をお呼びしました。『悪ノ娘』愛を語ってもらいました！

参加者

憂 *You*

『悪ノ娘』第一弾よりキャラクター紹介イラストで参加し、『悪ノ間奏曲』では表紙イラストを担当。今作の『悪ノ叙事詩』でも表紙を担当している。

吉田ドンドリアン *Dondorian Yoshida*

『緑のヴィーゲンリート』より、ピンナップイラストを担当。『悪ノ間奏曲』では、短編絵物語のイラストも制作。独特な世界観を持つイラストが特徴。

ゆーりん@北乃友利 *Yurin*

第二弾より本シリーズに参加。『赤のプラエルディウム』『青のプレファッチオ』では表紙を担当。悪ノP楽曲の動画イラストも多く手掛ける。

悪ノPとの出会い

――まず初めに自己紹介からお願いします。

吉田ドンドリアン（以下：吉田）：吉田です。『緑のヴィーゲンリート』からお手伝いさせていただいています！

ゆーりん@北乃友利（以下：ゆーりん）：『赤のプラエルディウム』『青のプレファッチオ』では表紙を描かせていただきました、ゆーりん@北乃友利です。

憂：憂と申します。今回の『悪ノ叙事詩』の表紙を描かせていただきました。座談会は『悪ノ間奏曲』に続いて二回目ですが、今回も緊張しております。

――『悪ノ間奏曲』の絵師座談会で憂さんにはお聞きしたのですが、ゆーりんさんと吉田さんの悪ノP初作品は何でしたか？

吉田：わたしはVOCALOIDを聴き始めたのが2009年くらいなので……『悪ノ娘』の派生動画がいろいろとできた頃から入りました。

ゆーりん：初の悪ノPはやはり『悪ノ娘』と『悪ノ召使』でした。『悪ノ娘』が投稿された後くらいでしょうか、コメントや噂で「『悪ノ娘』から見るんだ！」という触れ込みを見て、その通り『悪ノ娘』から見て……「うわあああ」ってなった覚えがあります。

――当時の『悪ノ娘』『悪ノ召使』の盛り上がりはすごかったですよ

ね。悪ノPさんご本人の印象をお聞きしても良いですか？

吉田：悪ノPさんは一度変身されているんでしたっけ……!?

――変身（笑）。そうですね、サングラスとひげでイメチェンされてます。

吉田：そのイメージではないので変身前に「THE VOC@LOiD M@STER」（通称ボーマス）でご挨拶したような気がします！

ゆーりん：自分もボーマスか何かが初だったような……！　けど、いつのだったかが思い出せませんw

吉田：「意外！」というより、なるほどこの方が『悪ノ』シリーズを創り出した……！　という感じがしました。

ゆーりん：悪なのに「人の良さそうな人だな～」って印象でした……って言ったら、風評被害でしょうかね？

――そんなことないと思いますけど（笑）。

ゆーりん：怒られませんようにw　そういう意味では、吉田さんとは逆で「意外！」という印象でした。

祝・完結！　悲喜こもごも

――第四弾・完結編が出た時の感想をお願いします。第四弾では表紙にゆーりんさん、口絵に吉田さん、憂さんはピンナップで参加されていますよね。

吉田：いろいろな繋がりがどんどん明かされていって、第一弾から第四弾まで、「面白かったー!!」という想いと……まだまだ続きそうな悪ノワールドをもっともっとヨミタイ！　という気持ちと……です！

憂：毎回描かせていただくのが本当に楽しかったので、最後の巻は、とても寂しかったのを覚えています。今もデスクの上に『悪ノ娘』シリーズを積んでいるのですが、ゆーりんさんのカイルが、内容と相まってすごく印象的ですね。

ゆーりん：第三弾に続き表紙を描かせていただけたことへの高揚がありつつ、その反面、特に完結編ということもあり、プレッシャーも計り知れなかったです。しかも、最後の最後でカイルとあってもう、いろいろと。

憂：あと、吉田さんの絵が第三弾と第四弾で繋がったというか、連作だったことに感動しました。

吉田：わあ、ありがとうございます！

ゆーりん：思わず見返してしまいましたよ、吉田さんの絵！　毎回皆様の絵には溜息出ちゃいます。憂さんも吉田さんも、絵の中の雰囲気を作られる力がものすごいと思うんです。

吉田：ヒイありがとうございます……！

憂：恐縮です！　悪ノノベルは、たくさんのイラストレーターさんが参加されているので、様々な世界を見られる、という意味でも楽しいですよね。「あ、そういう切り取り方もあったなー」とか。

吉田：そう、それが楽しみで、また被らないか、毎回不安でもあり……デシタ。

ゆーりん：自分には出せない発想や世界観とか……すごい刺激を受けます。被らないかは同じく不安でしたw　「だ、大丈夫かなこれで……」ってなりながらの作業でした。

吉田：そして憂さんのもゆーりんさんのも、第一弾から『悪ノ間奏曲』も含んで表紙はどれも美しいですよね……！　本屋さんで見るととても目を引きます！

▲第四弾『青のプレファッチオ』表紙。ゆーりんさん渾身のプリム（の胸）に注目!?

――今回もイラストがかなり豪華になっていますよ。
憂：えっ！
吉田：おー!!　楽しみです！
憂：どきどきしてきた……。
ゆーりん：ちょっと今から本屋行ってきます！（まだ出てません）
憂：これ読んでる方はもうご覧になっているんですよね。いいなあ。
――それから、ようやくエルルカが表紙に登場しました。
吉田：第四弾の絵師コメントでエルルカさんをチョイスしたくらい好きなので、嬉しいです！　楽しみにしてます！　憂さんのエルルカさん美しいから……。
憂：独特のポジションだったエルルカ様をガツンと描けて、本当に嬉しかったです。全体のイメージが紫なので、本の表紙としても珍しい色味になっていると思います。
ゆーりん：それをお聞きして更に楽しみになってきました！　早く拝見したいです！
――そういえばこのメンバーって、かなりのキャラクター数を描かれた方ばかりですね。描いていて楽しかった、または好きなキャラクターを教えてください。
吉田：やはり魔道師組です！　人間らしい他のキャラも大好きなのですが、先ほど独特のポジションというお話もありましたが、ちょっと浮いている彼女たちが気になって気になって……。ですが、私も今回の口絵で初めて二人とも描いてます。
憂：あとがきコメントでは、好きなキャラにアレンくん、エルルカ、グーミリアを挙げさせていただきましたが、描く時にぐぐっと力が入ったのは、第三弾の口絵のユキナちゃんです。楽曲では語られていなかったキャラということで、とても新鮮な気持ちで描きました。あとはやっぱり、リリアンヌとアレンですね。

ゆーりん：第三弾口絵のユキナは美少女過ぎて非常に眼福でしたw

吉田：同じくです！

ゆーりん：自分が描かせていただいた中では、回数も多かったユキナがやはり一番愛着沸いちゃっております。さまざまなキャラが織り成すストーリーの中で、面白いしオイシイ立ち位置の子だったと思います。そして、実はプリムも、時間と手間に比例して描くのが難しく、けれど楽しかったという……。

憂：ゆーりんさんのプリム、美しすぎてついついお胸に目がいっちゃいます……（笑）。

吉田：プリムの胸……と胸の下の服の皺のあたり。

ゆーりん：アレッ胸の話になっている!?　恐縮ですw　吉田さんのユキナも、同じキャラでもこうも違って描くことができるんだなぁ、っておどろきましたね。

憂：あのイラスト、ペンが物語を紡いでる、という感じの表現が素敵ですよね。キャラクターのシルエットがうすーくモチーフカラーになっているのも好きです。

ゆーりん：ペンの軌跡いいですよね！　そういう絵の中に込められたコンセプトには、ハッとさせられてしまいます。

吉田：ぎゃー、ありがとうございます！　そういうモチーフ、そもそもお話の中にいっぱいちりばめられていて、つい描きたくなっちゃいます……よね！　悪ノワールドは仕掛けがいっぱいですし、素敵なモチーフがいっぱいで……わくわく……と……！

吉田：装丁もそういう意味で、毎回とても楽しみにしてます！「折り返しの模様はなんだろ？」とか、「今回の本文デザインはなんだろ？」とか……。

憂：わかります。薔薇→葡萄→羽根→貝殻のデザインは、とっても素敵でした。

――ありがとうございます！　カバー下とかも注目していただきたいです。

憂：ネイちゃん……！

吉田：赤と青の……すごく……いいです！　見ていない人は見よう！

――緑もこっそり仕掛けがあるんですよ！

憂：みんな裏表紙まで見よう……！

吉田：えっ、気づいていない気がします……！　なんだろ……！

バサバサ。あっっっ、はあ!!

ゆーりん：今、自分含めて皆さんが一斉にカバー外してるのが見えますw

吉田：ウオ〜！　バサバサバサバサ……憎い演出ですね……。

憂：編集部の皆さんが、すごく丁寧に作られているんだな〜、って感じますね。

吉田：地図とか解説とかも、毎回わくわくします！　最初、大変失礼ながら、ボカロ楽曲の小説化というのはなかったので、「どうなるんだろ？」……と思っていたのですけれど、愛いっぱいで作られていて、お話はもちろん面白いし、本としてすごく良い作品になっていて感激しました！

――そう言っていただけると頑張ったかいがあります！

やっぱり意外？ 人気投票結果

――今回、キャラクター人気投票を実施しました！

憂：カイルがんばった！

ゆーりん：アレン強し!!!　クラリス意外です……！

――クラリスは共感するってコメントが多かったですね。

憂：そっかぁ……（涙）。

吉田：私もクラリスが一番気持ちを引っ張られました。クラリスおめでとう……！

――ミカエラの順位がとても意外でしたね。あとエイン……。

吉田：ハッ、そういえば！　快挙ですね。記念に表紙のはじっこのほうにぜひ……？

憂：ハッ！　もう完成してしまっているので……皆さん心の目でご覧ください……！

▲エインの活躍は第二弾『緑のヴィーゲンリート』で読める。

吉田：なんと……！

ゆーりん：目を凝らせばそこには……！

――エインはキャラクターデザインがないので、皆さんぜひ何かの機会に描いてあげてください（笑）。

吉田：じゃあ口絵にこっそり……。デザインないですけど……。

憂：いいなー！　示し合わせたように、ブログにアップしてみようかな……w

吉田：オオー！　憂さんのエイン見てみたいです……！　こっそり楽しみにしてます……。

ゆーりん：わたしのぼくの考えたエイン祭ですって⁉

憂：もちろん、ゆーりんさんも描かれますよね？

ゆーりん：えっ。

吉田：よね！　エインにもバックに壮大な物語があるのだろうか？　悪ノさんなら作っていそうな気がする……。

――作中には様々な国が登場しましたが、皆さんが行ってみたい国はありますか？

ゆーりん：国ではないのですが、千年樹を一度間近で見てみたいですね。そういう意味ではエルフェゴート？

吉田：あ、私もです！　千年樹の森に行ってみたいです。あとは、やっぱり物語のはじまりの場所、ルシフェニアも。

憂：私も千年樹見たいなって思いました。世界遺産みたいな感じなんでしょうか。あと、フリージス邸に行って晩餐をいただきたいです（いけません）。

――エルド様人気ですね！　千年樹はかつての巡礼地というイメージで、最近はあまり人が来ない場所のようですよ。

ゆーりん：穴場ですね！　その下で時間を贅沢に使ってこう、ぼんやりとしてみたり……したいです。

吉田：いいですね！　正直、危険そうな国ばかりなので……千年樹も安全ではないのですが、イメージ的に平和そうなので、実際行くなら……千年樹がいいですね。

ゆーりん：国という質問に森で答えてしまってすみませんw

いざ、『七つの大罪』へ

――『悪ノ娘』シリーズ完結に添えて、悪ノPさんにラブコールをお願いします。

吉田：完結おめでとうございます。お疲れ様でした！　だがしかし、いち読者として、まだまだ読みたいです。『七つの大罪』シリーズ……とっても楽しみにしています(闇笑)。

憂：何度も申し上げていますが、お疲れ様でした、と、ありがとうございました、をお伝えしたいです。悪ノさんのキャラクターを描かせていただけて、とても幸せでした。『七つの大罪』、私も楽しみです。楽曲をリピートしながら心待ちにしたいと思います。

ゆーりん：いつまでも悪でいてくださいね！　大罪シリーズも楽しみにしております！　『悪ノ娘』完結、誠におめでとうございます。

――新シリーズの『大罪』シリーズで皆さんが気になることや楽しみにしていることを教えてください。

ゆーりん：大罪一つ毎に刊行されるのか、どういう形でリリースや物語を紡いでいかれるのか、いち読者な自分としても気になるばかりですね。

吉田：七つの大罪はそれぞれ違った方向にインパクトが強いので、これがいろいろ繋がっていくのか……というのが楽しみです！

憂：作品に込められた、いろいろな秘密が解き明かされていくのを楽しみにしています。『大罪』シリーズを読むことによって、また『悪ノ娘』シリーズを読み返したくなるかもしれませんね。

――ありがとうございます！　では最後に一言ずつお願いします。

吉田：『悪ノ娘』シリーズ、お手伝いさせていただき本当にありがとうございました。この大きな世界に関われたことは、とても嬉しかったです。楽曲もご本も、これからも楽しみにしています！

ゆーりん：今シリーズでは、とても貴重な経験をさせていただけたと思います、携われて大変光栄でした。今回はお招きいただきましてありがとうございました！

憂：第一弾からこの『悪ノ叙事詩』まで、長い期間描かせていただいて、本当にありがとうございました。感謝ばかりです。

――ありがとうございました。

▲描き手によって違った魅力が見える。これも『悪ノ娘』ならではの楽しみだ。

ユキナミフリージスの旅行記

ユキナの行動経路

第三・四弾は、エヴィリオス地方全域をユキナが歩いて回っていた。彼女が訪れた土地を紹介していこう。

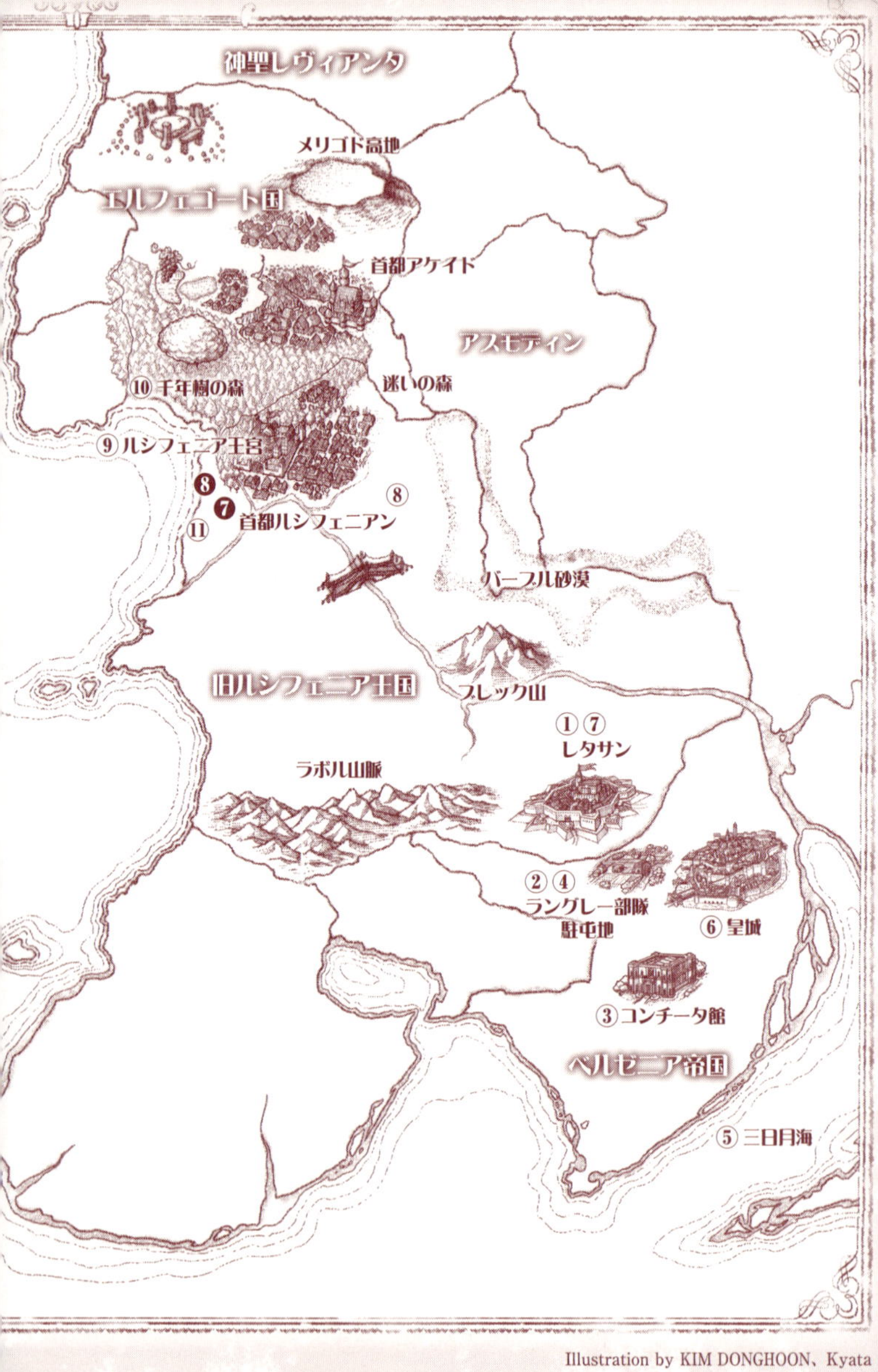

Illustration by KIM DONGHOON、Kyata

◆第三弾『赤のプラエルディィウム』

『悪ノ娘』が処刑されてから五年後。エヴィリオス地方の情勢は様変わりしていた。カイル王は独断で革命後に無政府状態になったルシフェニア王国をマーロン国に併合し、さらに大陸諸国に対して侵略を開始。エルフェゴート国へは経済封鎖、南のベルゼニア帝国には亡命者の引き渡し要求をするなど傍若無人な政策を推し進めていた。そんな中、見聞を広めるため旅していた少女・ユキナはベルゼニア帝国を訪れ、ルシフェニア革命の真実を知ることとなる。

◆第四弾『青のプレファッチオ』

悪魔から解放されたカイルは、母・プリム皇太后への疑念を晴らすためマーロンへ帰郷することに。そしてともに母国へと帰ってきたユキナは、家族に対してわずかな違和感を覚える。黒幕と思われていたアビスI.R.の死、城外へと姿を消したプリム、屍兵の目撃証言、そして行方不明だったエルルカの突然の来訪――。すべての謎を明かすため、カイルはプリムが滞在する別荘・キャッスルオブヘッジホッグを目指す。そこに待ち構えていたのは、屍兵を操るネイだった。

Illustration by 壱加

ユキナの行動記録『赤のプラエルディウム』

第三弾ではボルガニオ大陸の千年樹の森以南を旅した。新たに登場した赤ノ国はどんな国だろうか?

① 星の砦・レタサン

ルシフェニアとベルゼニアの国境付近に存在するレタサンは、街全体が要塞と化した城郭都市だ。軍事拠点として栄え、軍事施設のほかに多くの商店でにぎわっている。

元々はベルゼニア領土だったが、三十年ほど前にルシフェニア王アルスI世によって占有され、ルシフェニア領土となった。ベルゼニアとルシフェニアの国境に存在するこの街はその後も様々な戦いの舞台となる。五年前の『悪ノ娘』に対するクーデターの際は、レジスタンス内の『仮面の男』が率いる部隊によって制圧され、当時のレタサン要塞司令・ギャストン＝ムーシェがこの戦いによって命を落としている。

城郭都市　レタサン
(旧ルシフェニア・マーロン国)
都市であると同時に軍事要塞でもある。街全体が高い壁に囲まれており、要塞門を通らない限り出入りはできない。

『悪ノ娘』の処刑後、マーロン国のカイル王によってルシフェニアはマーロンに併合される。それに反発した元レジスタンスは、ブレック山を拠点にマーロンに徹底抗戦の構えを見せた。ここレタサンも一時はレジスタンスに占領されるも、ギャストン＝ムーシェの娘・リリアンヌ将軍がレジスタンス対策にあたると、敗戦の色濃く、ベルゼニアへと亡命。現在も元レジスタンスを擁するベルゼニアと、その引き渡しを求めるマーロンの対立が続いている。

ベルゼニア帝国

「月の生まれた国」「赤ノ国」と呼ばれる、ボルガニオ大陸南東部に位置する帝国。かつてはエヴィリオス地方の半分を治めていた大帝国で、アスモディンやルシフェニアも元々はベルゼニア帝国の一領地にすぎなかった。

星形の砦
レタサンは「星形要塞」と呼ばれる、多方向に向いた稜堡(三角形の突端部)を複数持つ砦だ。同様の砦は日本では五稜郭が有名。

歴史学者・ヴィル＝ヤーコ
百年以上前に活躍し、『七つの大罪』や『大罪の器』についての著書を残している歴史学者。しかし彼の研究は常識から逸脱したものが多く、虚構や捏造ばかりとされ、現在ではインチキ学者、著書はオカルト本と呼ばれる始末である。魔道師エルルカ＝クロックワーカーと親交があったとされる。

吸血娘
ヴァニカ＝コンチータ
エヴィリオス全土で親しまれている童話。三日に一度生しかし、三十年前に始まったルシフェニア王国アルスI世の侵略により、その領土の大部分を失ってしまった。

マーロンからの度重なるレジスタンス、そして魔女狩り令対象者の引き渡しを拒絶し続け、その政策に対して憤りを見せている。十五年前から流行り出した謎の奇病・グーラ病の発祥地でもある。

② 吸血娘のゆかりの地・ルコルベニ

旧ルシフェニアに隣接する、ベルゼニア帝国の街・ルコルベニ。ここはかの有名なお伽話『吸血娘ヴァニカ』ゆかりの地である。ベルゼニア食文化に貢献した古代の貴族・バニカ＝コンチータが治めていた領地で、最高級ワインであるブラッド・グレイブの生産地としても有名だ。

③ コンチータ館

ルコルベニ南方の山中に残る古城には、かつてこの土地がコンチータ領であった時、領主が住んでいたとされている。三二五年に当時の領主・バニカ＝コンチータが行方不明になった後、この城に人が住むことはなかった。

コンチータ館
（ベルゼニア帝国）
コンチータ領主の居城。石造りの古城は観光地として有名。三階からはルコルベニの街並みと広大なトラウベン畑が臨める。

④ ルコルベニ北西・ラングレー隊駐屯地

ルコルベニから北西、集団墓地を抜けた先の廃村は、現在ルシフェニアのレジスタンスを基に編成されたラングレー隊の駐屯地となっている。ラングレー隊をまとめるのは、

ラングレー隊駐屯地
（ベルゼニア帝国）
ルコルベニから集団墓地を抜けた先にある。部隊本部が置かれている大きな屋敷は、以前は村長の邸宅だったようだ。

血で作ったワインを飲まないと朽ちてしまう身体を持ち、呪われた赤いグラスを使って死体を『屍兵』として自由に操ることができた。

バニカ＝コンチータ

土地が痩せており、漁業でも満足な恩恵がないベルゼニア帝国だったが、二百年前にバニカ＝コンチータによる農業・調理法の研究によって長年の食糧難から解放された。バニカは食道楽で知られ、二十歳の時にエヴィリオス全土を旅し、食文化について研究、その成果を母国に持ち帰ったのだ。彼女については様々な逸話があり、その中には『大罪の器』を所持し、屍を操っていたという荒唐無稽なものもある。

ルシフェニア革命において三英雄・マリアム＝フタピエを下したシャルテット＝ラングレー。革命を先導した『赤い鎧の女剣士』もこの隊に所属している。

⑤三日月海

ベルゼニア帝国東部に存在する三日月型の内海は、自然のものとは思えないほど透き通った青色をしている。生態系はあまり豊かではなく、漁獲量の低さについては海水に含まれる栄養素の極端な少なさが原因と言われているが、その理由はいまだ解明されていない。ベルゼニアの別名「月の生まれた国」は、この海に由来している。

三日月海《みかづきかい》
（ベルゼニア帝国）
西側の海岸沿いには、白壁の住居群で有名な都市・グレイビアがある。

⑥ベルゼニア皇城

ルコルベニ北東に位置する、ベルゼニア皇帝の居城。その巨大なたたずまいは、かつての大帝国を思わせる。現在、皇帝の相談役としてグーミリアが滞在しているが、以前はエルルカも同じ立場でこの皇城に勤めていたそうだ。

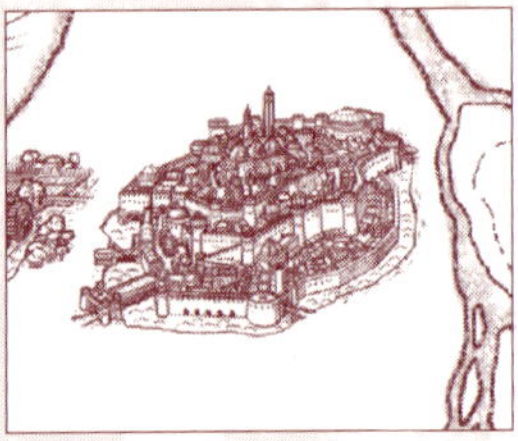

皇城
（ベルゼニア帝国）
皇城―ルコルベニ間は街道が通っており、辻馬車が行き来している。

⑦マーロン領改め、ベルゼニア領・レタサン

マーロン国特務工作部隊長・ネイの操る屍兵と、ベルゼニア帝国軍の衝突（レタサン政変）が起きた地。ベルゼニアの猛攻を受け、リリアンヌ将軍を追い出しレタサン司令となったネイは、ルシフェニア王宮へと敗走した。これによってレタサンは、三十年ぶりにベルゼニア帝国領土に戻ることとなった。

ベルゼニア皇帝
強面だが情に厚く仁義を重んじる人物。過去に相談役としてベルゼニアに仕えていたエルルカに交際を迫り、にべもなく振られた過去を持つ。

エルルカの『信者』
ルシフェニア各地に潜伏する、三英雄エルルカに絶対の忠誠を誓う人々。

コーパ
旧ルシフェニア王室ご用達商人。旧ルシフェニア軍との繋がりもあったようだ。緑狩り令の際、王宮に監禁されたフリージス一家は、解放されたあと一時的に彼の屋敷に身を寄せていた。また、エルフェゴートでルシフェニア軍に捕らえられたクラリスの釈放に尽力した人物でもある。
革命後はマーロン王を招いての晩餐会を頻繁に開いている。

⑧ルシフェニアン・コーパ邸宅

革命を機に、ルシフェニアでは貴族に替わり商人が台頭しはじめた。税制が緩和され、貴族たちによって制限されていた貿易も解放されたことにより、商人たちが強い影響力を持ち始めたのである。中でも商業連合の総帥・キール＝フリージスに貸しがあるコーパは強い力を持っていた。

⑨ルシフェニア王宮

ルシフェニアの王都・ルシフェニアンにある、ルシフェン王朝の象徴でもある王宮。絢爛豪華な調度品で埋め尽くされた謁見の間「鏡の間」。数多くの武具が飾られた、会議などが行われる「音の間」。天国庭園（ヘヴンリー・ヤード）と名づけられた前庭は、エヴィリオス地方でも類を見ないほどの広大さを誇る。巨大な噴水があり、ルシフェニア革命の際は最終的に主戦場となった。

王宮内は大画家ニコライ＝トールの壁画がいたるところに描かれている。

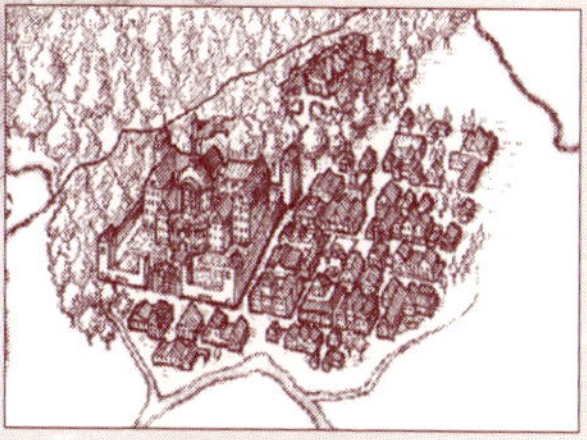

ルシフェニア王宮
（旧ルシフェニア・マーロン国）
数多く描かれているニコライ＝トールの絵の中でも、「鏡の間」の天井画『王と三英雄』は特に有名。

⑩千年樹の森

エルフェゴートと旧ルシフェニアの間に広がる広大な森の内、エルフェゴート領内の森を指す。旧ルシフェニア領側は「迷いの森」と呼ばれている。整備された道はなく、昼間でも薄暗いほど緑が生い茂ってはいるが、森に暮らす人々も少なくない。クラリスが暮らしていたヤツキ村も、千年樹の森のすぐ近くにあった。

エルルカがミカエラやグーミリアに修行をつけ、その後ジェルメイヌがレジスタンスの拠点として使用した廃屋、フリージス家の隠れ家に繋がる井戸などもこの森の中に存在している。

森の中央には「千年樹」と呼ばれる、大地

ニコライ＝トール

絵画界において絶大なる権力を持っていた大画家。多くの傑作を残し、中でもルシフェニア王宮の「鏡の間」の天井に絵描かれた『王と三英雄』は有名。ルシフェニア革命の前年に自殺している。

大地神エルド

地竜エルドとも。精霊であったミカエラやグーミリアの主である。数多くの精霊を眷属として従えている森の守り神で、現世に顕現してから森で起きた数々の事件を目撃してきた。魔力のある人間が見ると、その樹の幹に巨大な顔のようなものが見える。

人間に対しては不干渉の立場だが、自らの森で生まれた穢れ『大罪の器』に関してだけは違うようだ。大樹の姿を取っているため森から動くことができず、そのため『大罪の器』集めをエルルカに依頼した。

神エルドが顕現したと言われる巨大な樹があり、以前はエルド派の巡礼地として賑わっていた。昔は魔力を持つ人間が多かったため、目撃された精霊やエルドに関する言い伝えが多数残されている。五百年に、旧ルシフェニア王国の王女・リリアンヌによって火が放たれ、迷いの森側が半分ほど焼失している。

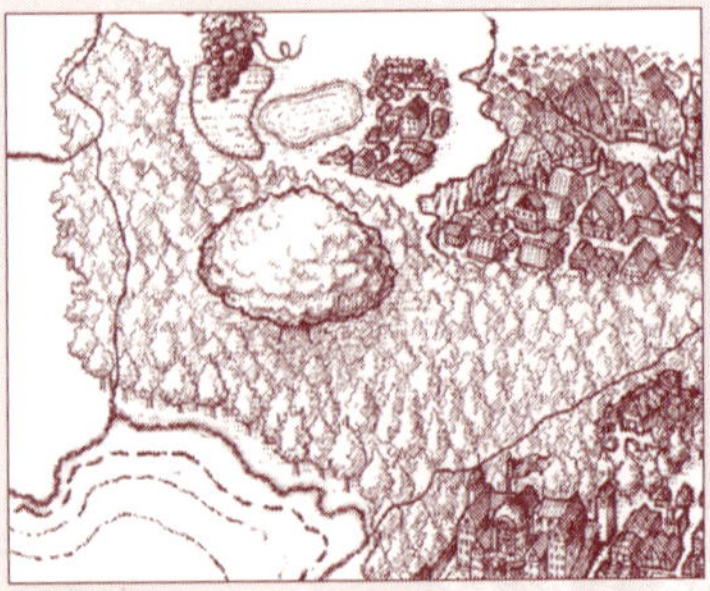

千年樹の森
（エルフェゴート国）
レヴィン教エルド派の巡礼地。大昔にイヴ＝ムーンリットによる誘拐・殺人事件や木こり夫婦殺人事件が起き、『大罪』が放たれた場所である。

⑪ 旧ルシフェニア　港町

旧ルシフェニア領の西岸に位置する港町。現在エルフェゴートに対して経済封鎖を行っているため、マーローンへのみ交易船が出てい

る。丘の上には、フリージス家の寄付によって建てられたエルド修道院がある。

⑫ ロイヤル・ヴィクトリシア号

マーロン国が誇る最新鋭の軍艦。三本のマスト、百五台の砲台があり、メインデッキの下は居住区となっている。砲台はすべて最新型の短身砲で、マーロン海軍の中でも最高級の航海性能を持っている。

船長を務めるのは、カイル王と親交の深いディラン提督。今回はフリージス家からの依頼で、ユキナとカイルを迎えにきた。マーロン本国からはショウ＝フリージスを使者として乗せている。

ロイヤル・ヴィクトリシア号
（マーロン海軍所有）
客船ほどの華美な装飾はないが、軍用船としては一級品。海洋国家であるマーロンの技術の集大成である。

廃屋
ルシフェニア側「迷いの森」にある廃屋は、五百年ほど前に建てられた物で、ノベル『悪ノ娘』シリーズ以外でも様々な事件の舞台となっている。

戯れの湖
千年樹の森のそばにある大きな湖。満月の夜に大地神・エルドの眷属である精霊たちが遊びに来る場所とされる。その際に生み出される『蒼霊の石』という宝石を持ち帰って大地に埋めると、その一帯は大豊作となると言い伝えられている。

大砲
近年になってマーロンが開発した最新兵器。他国にとっては未知の物で、マーロン正規軍以外には粗悪な模倣品しか存在しない。

ユキナの行動記録【青のプレファッチオ】

ボルガニオ大陸から離れ、舞台は島国・マーロンへ。ユキナが直接訪れていない場所もあるので、伝聞を交えながら紹介していく。

❶ ハーク海　マーロン近海

ボルガニオ大陸とマーロン本国の間の海の名称。海産資源が豊富で、漁が盛んに行われている。この時期は潮の流れが悪く、普段使われる航路から南に大きく迂回するルートを取った。ロイヤル・ヴィクトリシア号だからこそ一日程度の短時間で渡れるものの、普通の客船であればちょっとした長旅になっていたかもしれない。五年前に緑狩り令のきっかけとなった、カイル王による婚姻破棄の知らせが伝わった時は、海の状態が良かったため一日でマーロンとルシフェニアを行き来できたらしい。

時々海賊が出没するが、おおむね穏やかな海である。しかし今回の渡航で大タコが出現、魔道師グーミリアの助力によりなんとか撃退したものの、ヴィクトリシア号の最新砲台の半分が再起不能の状態となった。約四百年後、大タコによって客船が沈められている。

❀ マーロン国

ボルガニオ大陸西岸に広がるハーク海に浮かぶ、エヴィリオス地方最西端の島国。四方を海で囲まれているため、海軍や航海技術の精度は近隣諸国と比べようもないほど高い。ただ、その半面地上戦は不得手。街道の設備が甘いところを見ても、あまり陸軍に力を入れてはこなかったようだ。ルシフェニア王国占領後の隣国への侵略は、元ルシフェニア国軍将校の力を借りての作戦がほとんどだった。

天候は崩れがちで、いつもどこか薄ぼんやりした空模様であることが多い。また、海洋資源は豊富だが料理の味付けは淡泊で、あまりバラエティーはない。

❷ 東ジャメの町

王都バリティからほど近い、マーロン国東部にあるジャメ山脈の麓の港町。旧ルシフェ

ディラン提督

マーロン国の軍艦ロイヤル・ヴィクトリシア号の船長。カイル曰く「口髭が似合う四十二歳のナイスガイ」。一年の九割を船上で過ごしており、海賊からの攻撃も冷静に対処できるベテランだ。だが、見た目に反して剣術はからっきし。歳が二十離れた妻がおり、彼女の話をする時だけ、顔のしわが少し綻ぶ。なかなかの愛妻家のようだ。

婚姻破棄の知らせ

五年前、当時のルシフェニア王国の宰相・ミニスが、マーロン国に食糧支援の御礼である贈答品を届けた際、返礼の金銀財宝とともに渡されたの

ニアから南に迂回するルートを取ると、だいたいはここに入港することになる。仕事上がりの船員たちがたむろするため、この町の酒場はいつも騒がしい。

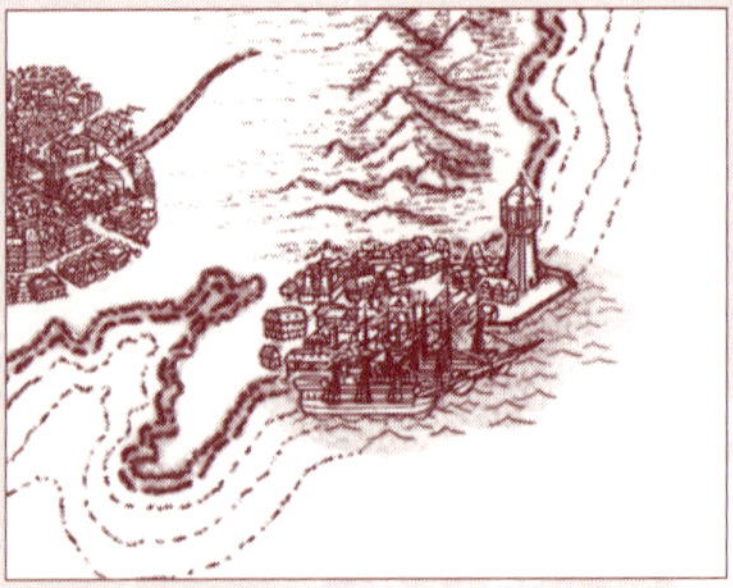

東ジャメ
（マーロン国）
マーロン国の港の一つ。王都バリティから一番近い港町。

❸王都　バリティ

島の中央から若干東寄りに位置するマーロン国首都。中央を流れるメシス川によって南北に分かれており、マーロン城やレヴィア派の大教会など、都市の主要施設のほとんどは北部にある。住宅は赤煉瓦造りが多く、パブと呼ばれる飲み屋が数多く軒を連ねている。

バリティ
（マーロン国）
マーロンの中心都市。町の中央をメシス川が横断している。最西部にあるのがマーロン王宮、その北部に広がる森がカラムの森だ。

フリージス邸

バリティ北西部に広がる〝カラムの森〟に面して建てられたフリージス家の本邸。豪商の家らしくかなりの大きさを誇る。商人の家らしく、応接室や食卓の間、そして相応の数の客室があるようだ。これらはメイド長のゲルダを中心に、メイドたちによって常に整えられている。

キールの私室近くにある細長い部屋は彼の〝美術館〟で、これまでに収集してきた品々が

が、カイルとリリアンヌの婚約破棄を申し出る手紙だった。この手紙がきっかけで緑狩りが起こったのだ。

ミニスがマーロンに渡った時はハーク海の潮の流れが落ち着いていたため、一日で両国を行き来することができた。

巨大タコ

グーミリア曰く「とてもすごいタコ」が覚醒したもの。弱点は眉間で、そこを狙うと音波のような鳴き声を上げる。「とてもすごいタコ」の覚醒は強力な魔力と知識、そして資質が必要なようで、現在実現が可能なのはエルルカのみだという。

マーロンの軍事

マーロンでは伝統的に、戦闘時でも王は玉座に構え、前線の兵たちに指令を出すという戦闘スタイルを取っている。逆に、アルス一世の時代のルシフェン王朝は、王が先

所狭しと並べられている。窓の類はなく、明かりもめったにつけられないため薄暗い。〝物置〟と言うと怒られる。同様の部屋はエルフェゴートのフリージス邸にもあった。ユキナの私室は二階の角部屋だ。

カラムの森

王宮からもっとも近い自然地区で、森というよりは林に近く、規模は千年樹の森の三分の一程度。マーロン北部からバリティへ訪れる際の最短距離のため行商人の行き来があり、馬が通れるよう林道の整理がされている。王室・貴族たちの狩猟場としても利用されている。

国の中枢　マーロン城

バリティ最西部、メシス川のほとりに建てられた王宮は、四百年ほど前に蛮族の侵入に備えて作られた要塞が元となっている。高く強固な外壁で囲われており、その守りの堅さはエヴィリオス地方随一だろう。敷地面積や庭園の豪華さはルシフェニア王宮に劣るが、利便性や長い歴史による重厚感に溢れている。内部には三つの建物が並んでいる。

東側にある門から入ってすぐにあるコの字型の建物〝ライトパレス〟は、謁見の間や晩餐会を開く広間、客室など、外部の人間に開かれた場所だ。他の建物に比べて内装は豪華に作られており、プリム皇太后のギネ・ドールコレクションなどが飾られている。以前は絵画なども飾られていたが、カイル王によって外され、現在は謁見の間に掛けられている先王の肖像画のみとなっている。

中央に位置するのは、王や王に仕える者たちが公務を行う〝ミドルタワー〟。周囲は緑で囲まれており、屋上からはバリティ全域を見渡すことができる。議会を行う部屋などもこの塔内にある。

このさらに西側にあるのが〝レフトチャペル〟だ。歴代王族の礼拝堂や、臣下たちが眠る墓地が置かれている。レヴィン教は土葬のため、遺体は石棺に入れられて埋葬される。

❹薔薇の町　ライオネス

王都の北東に位置する都市。二百年ほど前に滅んだライオネス家の居城・ライオネス城と、美しい薔薇の園が有名。緑が多く、現在

陣を切って指揮するスタイル。兵の士気の高さではこちらの方が勝るが、マーロンはこれを愚策だと笑っていた。

ゲルダ

フリージス邸のメイド長。フリージス家に長年仕えた年配の使用人で、使用人の中で一番背が高く、また体格も良い。怒ると鬼のようだとはユキナの言である。マーロンの政務官であり、カイルの義弟のアルカトイルとは歳の差カップルで、ことあるごとにキールにからかわれている。また、キールはこれを利用して、アルカトイル経由でカイルとの面会を無理やり取り付けたりしている。

キールの美術館

マーロン男子の名に恥じぬ収集癖を持つキールが、自ら集めた品々が並べられた部屋（ユキナ曰く物置）。エルフェゴートにいた頃は、屋敷とは

では王侯貴族のリゾート地となっている。ライオネスはかつてマーロン王家と国の覇権を争った貴族で、代々薔薇をこよなく愛してきた。ライオネス家領主は自らの領土に次々と薔薇の園を造りあげ、薔薇の園を踏み荒らされることこそ至極の恥であるとしていた。

ライオネスの町
（マーロン国）
かつてライオネス家が治めていた土地。あちこちに植えられた薔薇が美しいリゾート地。

❺ ブラッドプール地方

マーロン北部に位置する、大小無数の湖と川が点在する湖水地域。都市部から離れているため〝田舎〟という認識が強いが、景観が良いため保養地として人気だ。

マーロン国内ではグーラ病の蔓延がもっとも早く、カイルの帰還後は屍兵と思われる化物の姿が確認された。

❻ ハリネズミの城 キャッスルオブヘッジホッグ

ブラッドプール地方
（マーロン国）
ライオネスの町の北にある川よりさらに北側の地方全体の名称。

ブラッドプール地方の川沿いに立てられたこの城は、かつてライオネス家に仕えていた貴族・ヘッジホッグ卿が住んでいた。敷地面積自体は狭いが、中央には巨大な塔が建っており、この城の特徴となっている。

中央の塔には巨大な時計が備え付けられており、その秒針の音は正門までも届くほど大きい。これに由来して、塔は『心音の時計塔（ハートビート・クロックタワー）』と呼ばれている。特殊な構造をしているのか、時計に一番近い

別に専用の離れにしまっていたようだ（ミカエラ曰く倉庫）。これらの収集品は一度は緑狩りの戦火によって焼失したものの、エルルカによって復元された。エルルカはこの対価として、収集品の中から『色欲の器 ヴェノマニア・ソード』を手に入れている。最近、コレクションにジェルメイヌから譲られた『アルモガ・モバーレズ』の仮面が加わった。

ヘッジホッグ卿

かつてライオネス家に仕えていた貴族。現在はお家断絶している。アビスI.R.は以前この卿に仕えており、魔道師の〝子孫〟だと言ってプリムに近づいた。アビスの行っていた実験の内容を考えるに、ヘッジホッグ卿の〝拷問好き〟は、あながち嘘ではないかもしれない。

最上階では逆に針の音は聞こえないようだ。「ヘッジホッグ卿が拷問を愛する変態であった」という説を裏付けるように、塔の螺旋階段の窓にはすべて鉄格子がはめられている。

キャッスルオブヘッジホッグ（マーロン国）
通称"ハリネズミ城"。ライオネス家配下ヘッジホッグ卿の居城だったものが、マーロン王家に引き取られた。

❼ エルド修道院

旧ルシフェニア領港町の東、小高い丘の上に建てられた、現在では珍しくなったエルド派の修道院。豪商キール＝フリージスの寄付によって建てられた。名もなき海岸から正門に続く道はかなり勾配の急な坂で、坂の入り口はパン屋が目印になっている。孤児院や畑を併設しており、ワイン造りなども行っている。修道院内にはいくつかの客室が設けられ、礼拝者や旅人などに解放している。

❽ 名もなき海岸

旧ルシフェニア領西岸に広がる砂浜のこと。「羊皮紙に願いを書き、小瓶に詰めて海に流すと願いが叶う」という言い伝えが残っている。ただ、これは悪魔との契約方法だと言われている。

半年ほど前から、ミキナはアビスI.R.に命じられてこの海岸に度々訪れていた。大罪の器の気配を察してとのことだが、何の器なのか、どこにあるかは結局わからずじまいだったようだ。

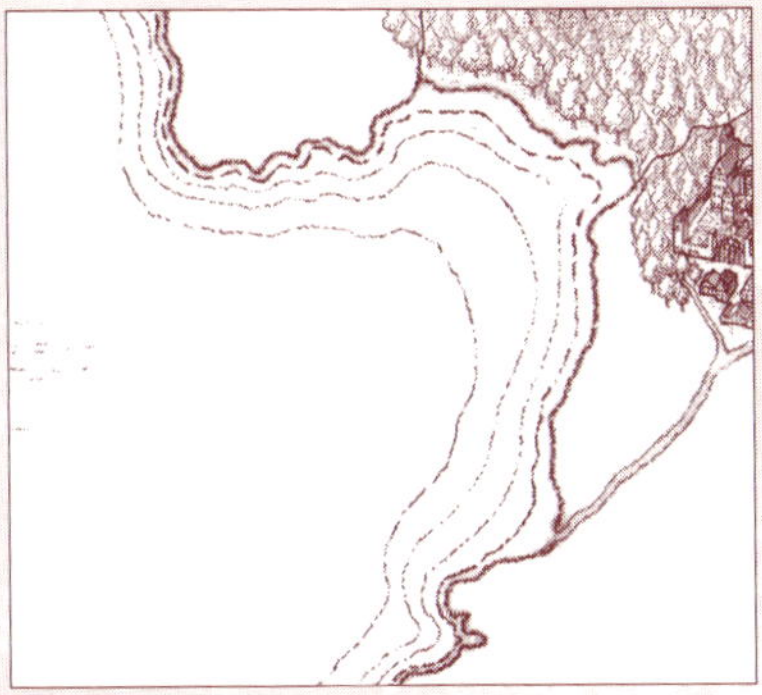

名もなき海岸（旧ルシフェニア、マーロン国）
ハーク海に面した海岸。悪魔に関する言い伝えがある。

心音の時計塔
ハートビート・クロックタワー

キャッスルオブヘッジホッグの中央に立つ時計塔の別名。『怠惰の器 クロックワーカーズ・ドール』の力が最大限に発揮できる場所だ。約四百年後に千年樹の森に同名の映画館が建てられている。映画館を建てたのはカイルの子孫であるガレリアンなのだが、ここにはどんな関係性があるのだろうか？

名もなき海岸の記憶

ルシフェニアンから少し離れたこの浜辺は、様々な出来事の舞台となっている。過去と決別した少女、少女を許した女性、ある母親の懺悔、鏡の入った黒い箱——。十年ほど前は、よく小さな女の子と男の子が遊びに来ていたようだ。

『悪ノ娘』ノベルシリーズ年表

第一弾から第四弾まで、約六年間の物語が「悪ノ娘」ノベルシリーズでは語られた。その全容を年表で見てみよう。

年	出来事
四九九	ルシフェニア女王・アンネ崩御。王位はリリアンヌ王女が継ぐことに。
	アレン、王女付の召使としてルシフェニア王宮に勤め始める。
	エルルカ、大地神エルドの眷属・ミカエラとグーミリアを人間に転生させ、弟子とする。
	リリアンヌ王女の誕生日を祝う舞踏会が開かれ、お菓子で作られた家が登場。
五〇〇	親衛隊隊長・レオンハルトが何者かによって暗殺される。
	『緑狩り令』が発令。迷いの森の約半分が焼失。
	ルシフェニア革命が起こりルシフェン王朝が幕を閉じる。
	無政府状態になったルシフェニアは、臨時の対応としてマーロン保護下になる。
五〇一	マーロン国王カイルが『魔女狩り令』を発令。ジェルメイヌを指名手配する
	元ルシフェニア革命軍、ルシフェニアを出奔しブレック山に潜伏。
	エルルカとグーミリアがルシフェニア王宮に潜入。『魔女狩り令』の対象に。
	カイル、ルシフェニアをマーロン領地として併合する。
	ブレック山を拠点に、元ルシフェニア革命軍がカイル政権に反抗。
五〇二	レジスタンスがレタサン要塞を占拠。
	マーロンにてエルルカがアビスI.R.に捕らわれる。
	グーミリアがベルゼニアに入国。
	カイル、王直属の特務工作部隊を新設し、ネイ＝フタピエを隊長とする。
五〇三	リリィ率いるマーロン軍がレタサン要塞を奪回する。これによりレジスタンスはベルゼニア帝国領へ避難する。
	マーロンはベルゼニアに対し、レジスタンスの引き渡しを要求。ベルゼニア皇帝はこれを拒否し、両国の関係が悪化し始める。
	リリィ、レタサン要塞軍総司令に就任し、レジスタンス及びベルゼニア軍の警戒に当たる。

黄のクロアテュール

緑のヴィーゲンリート

年	出来事
五〇三	ジェルメイヌとシャルテットがレジスタンスに合流。
五〇四	ユキナがマーロンのフリージス邸から家出。旅に出る。
	レジスタンスがベルゼニア軍の一部隊として正式に認められ、シャルテットが部隊長に就任。
五〇五	ユキナ、レタサンの町に到着。
	ユキナがベルゼニア帝国へ入国。
	ネイ率いる特務工作部隊がレタサン要塞軍と合流。
	ネイがグラス・オブ・コンチータの力を使い、ルコルベニを襲撃。
	リリィがベルゼニア帝国へ亡命する。
	ベルゼニア、報復としてレタサン要塞へ総攻撃を仕掛ける。(レタサン政変)
	グーミリアがベルゼニア皇帝相談役を辞し、ジェルメイヌを伴い旧ルシフェニア領へ向かう。ユキナもこれに同行する。
	ユキナがルシフェニア王宮のカイルを訪ねる。
	カイルが悪魔化。千年樹の森にてグーミリアが悪魔祓いを行う。
	カイル、『魔女狩り令』を解除し、ユキナたちとともにマーロン本国へ帰還。
	エルルカの身体を手に入れたアビスI.R.がグーミリアを訪ねる。激闘の末、エルルカの身体を取り戻す。アビスI.R.の連れていた赤猫はミキナが引き取ることに。
	カイル、屍兵が発生しているマーロン北部へ出兵。
	キャッスルオブヘッジホッグにてプリム皇太后、および特務工作部隊長ネイが死亡。
	ライオネスの町にて、謎の人物によって大罪の器のほとんどが奪われる。
	ユキナ、旧ルシフェニア領のエルド修道院にクラリスを訪ねる。
	名もなき海岸にてミキナを救出。
五一〇	マーロン、ルシフェニアから完全撤退し、ルシフェニア共和国が誕生する。

赤のプラエルディウム

青のプレファッチオ

短編小説

霧ノ娘

著／悪ノP（mothy）
挿絵／憂

生まれてこの方、愛情という概念とは無縁の人生だった、気がする。

そもそもそんなことにかまけていられるほど、余裕のある環境で育ってこなかった。

差別というものはどこの国でも存在するもので、そして大概は理不尽だ。

俺とその家族は、『ヴェノマニア』の血縁者であるというだけで、レヴィン教のクソ信徒たちから迫害され続けた。

母が自分の部屋で首を吊っているのを発見したのは、六歳の時だった。

父親なんてものは存在しない。物心ついた時には、すでにいなかった。

それ以降、二歳年下の妹と二人だけで、何とか生きてきた。

ろくなものを食べてこなかったせいで、俺も妹も棒切れみたいな体だった。いつも『死』というものを意識しながら育ってきたように思う。

家には一振りの剣が置いてあった。誰の物だったかは知らない。まさか母親の物ではないだろうし、存在しない『父親』の置いていった物だったのかもしれない。ただ、そんなことはどうでも良かった。

その剣は俺たち兄妹が生きていくのに役に立った。柄《つか》に奇妙な文字の書かれた骨董品のような剣であったが、それを握ると不思議な力が沸《わ》き、子供の俺でもたやすく扱うことができたのだ。

腹が減ったら、その剣を使って他人から食料を奪った。自分たちが生きるために他人の命を奪う——それに疑問を感じる余裕など、俺たちにはなかった。

俺が十二歳になった時、妹が死んだ。

病死だったのか餓死《がし》だったのか、詳しい死因はわからない。俺たちを診てくれる医者なんて、あの国には存在しなかったのだ。

その日の夜、俺は生まれ育ったエルフェゴート国を出た。

何か目的があったわけではない。ただあのままでいれば、俺もいずれ妹と同じ運命をたどるだろうと思ったからだ。

しばらく歩き続けると、国境付近でフード姿のババアを見つけた。歩き疲れて空腹だった俺は、そのババアを襲うことに決めた。みすぼらしい見た目だったが、パンのひとかけらくらいは持っているだろう。なんなら、あの肩に乗った赤い猫を食ってしまえばいい——そう思っていた。

俺は剣を鞘《さや》から抜き、ババアに近づいていった。

ババアは俺を恐れる様子を微塵《みじん》も見せなかった。それどころか、口元に笑みさえ浮かべていたんだ。

だがその時の俺は、そんなことを気にしている余裕もなかった。とにかく腹が減って仕方がなかった。

いつも通り、相手に向けて剣を振り上げた。

――気がついた時、俺はやたら豪華なベッドの上で横になっていた。

ベッドの横には三人のメイドがいて、その奥にはやたらガタイのいい爺《じい》さんが椅子にどっしりと腰かけていた。どうやらこの爺さんが、倒れていた俺を拾って介抱してくれたようだ。

身体中が痛かった。見ると火傷《やけど》をしたような水ぶくれが、全身にあった。

何だ？　何が起こったというのだ？　わけがわからなかった。

着ていた服は洗濯され、綺麗に畳んで枕元に置いてあったが、あの剣がどこにも見当たらなかった。爺さん曰《いわ》く、俺を発見した時にはすでに剣など見当たらなかったという。

あのババアに奪われたのだろうか？　そもそも俺はどうしてあんなババアにやられたんだ？　強く頭でも打ったのだろうか、どうもそのあたりの記憶がはっきりしなかった。

身体の怪我が治った後、その爺さんの元で働くことになった。

俺はてっきり爺さんは盗賊の首領か何かだと思っていたのだが、実はアスモディン国の皇帝だと知った時はとても驚いた。放浪癖のある変人陛下には、当時から配下たちも手を焼いていたようだった。

元の名前も捨てた。俺は皇帝に与えられた『ガスト』という名前を名乗るようになった。

皇帝の下で働きだしてから四年も経つと、周りから『天才剣士』ともてはやされるようになっていた。

あの剣がなくとも、俺には元々剣の才能があったようだ。隣のルシフェニア王国との小競《こぜ》り合いが続く中、兵士が名を上げる機会はいくらでもあった。

若さは出世の障害にはならなかった。皇帝は徹底した実力主義で「強ければなんでもいい」という考えの持ち主だったのだ。

驚いたことに、アスモディンには九歳の将軍なんてのまでいた。まあ確かにあのガキ――マリアム＝フタピエは俺から見ても異常な能力の持ち主だ。どう育てれば、あんな恐ろしい小娘ができあがるんだろうか。

ともかく、マリアムの前例のおかげもあって、俺は順調に出世街道を突き進むことになった。軍の中にもレヴィン教徒は多く、俺の直属の上司、シャルカム将軍も熱心な信徒の一人だった。だから俺は自分の出自を決して明かさなかったし、この国の実力主義の風潮のおかげで、それを深く追及されることはなかった。

強ければなんでもいいんだ、この国は。

たとえ俺が何者でも――悪魔の血を引いていようとも。

いくつかの戦功をあげると、国から称号として苗字が与えられることになった。この称号は、アスモディンのかつての名士『五公』に由来するものの一つが与えられることになっている。

偶然か因縁《いんねん》か。俺に与えられたのは『ヴェノマニア』由来の『ヴェノム』の称号だった。正直、嫌だったが、レヴィン教徒でない限りこの称号授与を拒むことはできない。それに何かと世話になっていた皇帝を困らせるのも気がひけたので、やむなく俺はそれ以降『ガスト＝ヴェノム』を名乗ることになった。

食卓に並ぶ料理は次第に豪華なものになっていった。それを見るたびに、俺の心には歓喜と悲しみが同時に沸いた。

――もっと早く、この国に来ていれば。

――セイラは、死なずに済んだかもしれない。

妹のことを忘れた時など、一時もなかった。

存在しない父親。俺たちを置いて勝手に死んだ母親。

俺にとっては、セイラだけが心を許せる唯一の相手だった。


だから、俺は何よりも嬉しかったんだ。

あの、ルシフェニアとの戦いのために通りがかった霧の山脈で――

あの遺跡で、セイラ――

死んだと思っていた君と、再会した時は。

＊ガスト＝ヴェノム　～霧の山脈にて～

これは歪《ゆが》んだ感情だ。それは自分でもよくわかっている。

だが、今は、誰に何と言われようとも。

セイラ、君が愛《いと》おしくてたまらない。


アスモディン国、南の国境沿いにある『霧の山脈』。そこには、およそ五百年前のものと思われる、古い遺跡が存在する。

魔道王国期の貴族の別荘跡地と言われているが、歴史的価値はさほど高くないと認定され、国による保全はなされていない。そのため、遺跡というよりは、だだっ広い場所にある石の集合体といった感じだ。

現在ルシフェニア王国に侵攻中である、マリアム将軍率いる《銀雀隊《ぎんじゃく》》の後方援護をするべく、俺の所属する《金龍隊《きんりゅう》》は山道を進んでいた。

ここを越えれば、戦場となっているバーブル砂漠に到着する。「我が隊が合流すればルシフェニア軍など恐れるに足らず」と、《金龍隊》を率《ひき》いるシャルカム将軍は豪語していた。

しかし、山越えの最中に伝令からの急報が入った。『銀雀隊に造反の兆候《ちょうこう》あり』という知らせである。

これにより、事実がはっきりするまでは無闇に進むわけにいかなくなった。銀雀隊がもし本当にルシフェニア側に寝返ったとすれば、圧倒的にこちらが不利になる。本国に新たな援軍を頼む必要も出てくるだろう。

シャルカム将軍は、山脈内にしばし待機することを決定した。その駐屯地として選ばれたのがこの遺跡で、ここでさらなる報告を待つことになった。

霧の山脈はその名の通り霧の深い場所で、駐屯に適しているとは言い難い。偵察もほとんど意味をなさず、敵軍からの急襲に備えづらい。

それでも「砂漠のど真ん中で待機させられるよりはまし」と、兵士たちは皆、気楽なものだった。

遺跡の中心には、周りと同様にボロボロの、みすぼらしい祭壇があった。

レヴィン教ではない別の宗教の祭壇のようで、シャルカム将軍はこれを毛嫌いし、逗留《とうりゅう》の初日に兵士たちに近づくことを禁じた。

だが俺は、今夜もその祭壇へと向かっている。

『彼女』に会うためだ。

祭壇に近づくにつれ、霧の中に見える人影がはっきりしてきた。

セイラは今日も、祭壇の前で佇《たたず》んでいた。

彼女は、俺の知っているセイラとまったく同じ姿、というわけではなかった。四年の月日分、彼女は大人になっていたのだ。それでも、その顔に残る色濃い面影を見てすぐにセイラだとわかった。

セイラは俺の姿に気がつくと、小走りで駆け寄ってきた。

「また会いに来てくれたね、お兄ちゃん」

言葉と同時に、力強く抱きついてきた。

俺もゆっくりと、彼女の背中を抱きしめ返す。

「もうしばらくは、ここにいられるの？」

「ああ。まだ前線からの報告が入ってきていないからな」

「そう、よかった！」

セイラはそう言って、顔全体で嬉しさを表現した。

あの日から毎晩こうして、彼女とここで会っている。

何故彼女が、こんな山奥の遺跡にいるのか？

どうやって暮らしているのか？

どうしてこの祭壇のそばを離れようとしないのか？

そもそもセイラは、確かに俺の胸の中で息絶えたではないか！

——冷静に考えると、わけのわからないことだらけだった。

もちろん、セイラに直接尋《たず》ねてもみた。するとと彼女は、まるでそれが当たり前であるかのように、こう答えたのだ。

「わたしはねえ、幽霊なの」

彼女曰く、この祭壇は冥界《めいかい》と現世に通じる道を生みだす礎《いしずえ》で、霧の深い夜だけ、この世に姿を現すことができるのだそうだ。

「この時期はずっと霧が濃いから、わたしは毎晩こうしてお兄ちゃんと会えるんだよ」

馬鹿馬鹿しい話だ。幽霊なんて現実にいるわけがない。

だが俺がいくら否定しても、セイラは自分が幽霊であるという主張を曲げようとはしなかった。埒《らち》があかないので、もうその話については触れないことにした。

なんでもいい。セイラと——二度と会えないと思っていた妹と、こうして再び触れ合えるのならば、それでいい。

マリアムの裏切りについて、新たな情報はいまだ部隊に届いていなかった。もう二週間が経とうとしているのに、いくらなんでも遅すぎだ。伝達経路が封じられている可能性が高い。

情報操作、隠密行動はマリアム、というよりフタピエ一族のお家芸だ。直接会ったことはないが、彼女の母はアスモディンの諜報《ちょうほう》部隊を束ねる立場の人間だということも聞いたことがある。

問題がもう一つあった。

何人かの兵が原因不明の病で倒れる事態が発生したのだ。この山の環境は、やはり兵たちの体力を知らず知らずの内に奪っていたのかもしれない。

そしてある日、シャルカム将軍を中心に軍議が開かれた。

すぐにこの場所を出発するべき、というのが大方の兵たちの意見だった。シャルカム将軍も同意し、明日もう一日だけ連絡を待ち、沙汰《さた》がなければ次の日の明け方に出発する、ということでまとまった。

「だが、その前に」

会議の終わりに、シャルカム将軍は唐突にこんなことを言い始めた。

「明日の夜、出発前にあの祭壇を破壊していく」

その言葉の意味がわからなかったのは、俺だけではなかったようだ。兵の一人が立ち上がり、将軍に尋ねた。

「将軍。何ゆえに祭壇の破壊を？」

「最近、兵たちの中に体調を崩す者が出ているだろう？」

「はあ、まあ。それと祭壇に何の関係が――」

「大有りだ。儂《わし》の見立てでは、病気の原因はあの祭壇の祟《たた》りだろう」

呆れた。

(頭のおかしい狂信者が!!)

そう叫びたいのをギリギリのところでこらえ、俺は冷静を装って将軍に意見した。

「将軍、お言葉ですが」

「なんだ、ガスト」

「仮にあの祭壇が病《やまい》の原因だとして、明後日には出発するのですから、わざわざ壊していく必要はないのでは？」

俺の言葉に、将軍は握り拳《こぶし》を机に叩きつけた。

「バカモン！　あのような邪教の祭壇、病のことがなくても放っておくわけにはいかんのだ。それがレヴィン教徒としての務めだ」

「将軍個人の宗教理念を、部隊全体に強要するのはどうかと思いますが」

「……フン、歯向かうか。あれは悪魔崇拝の祭壇だぞ」

「ですから、それはあなた個人の――」

「黙れ！　この『悪魔の子孫』が!!」

将軍の一言に、その場が静まり返った。

「……何をおっしゃっているのか、よくわかりません」

冷静を装いながら、俺は内心焦っていた。

何故だ!?　何故、シャルカム将軍がそれを知ってるんだ?

「儂が何も気づいてないとでも思っていたか?　お前が『ヴェノマニア』の子孫であることは、上層部では周知の事実だ」

「……」

「皇帝陛下のお気に入りでなければ、お前などとっくに追放しておるわ!　そもそも、お前が陰で何と言われているか知っているか?　『アスモディンの悪――』」

俺は将軍のわめき声を無視し、その場を後にした。

何人かの兵士がテントを飛び出して、俺の元に駆け寄り、気にしないでください、とか、ヴェノマニア公はこの国にとって英雄でもありますから、とかいろいろ言っていたが、よくは覚えていない。

――結局、どこでも同じなんだな。


その日の夜、俺はセイラに会いに行った。

「軍を辞めることにしたよ」

唐突にそう言うと、セイラは驚いた顔をした。

「シャルカム将軍にすべて知られていた。俺が『ヴェノマニア』の子孫だということをね」

「……辞めて、どうするの？」

この辺りはいつも静かだ。

――。

だが、今日は何故だか、かすかな耳鳴りがずっとしているような気がした。

「さあね。今さらエルフェゴートに戻る気もないし、ベルゼニアか――ルシフェニアはさすがに難しいか、敵軍の将校として、顔も知られているだろうし。マリアム将軍が裏切っていたとして、仲間に入れてもらうのもなぁ……」

セイラは黙ったままだ。

――。

耳鳴りが、かすかに大きくなったような感じがした。

セイラの顔を見て、俺はこう切り出した。

「一緒に、ついてきてくれるよな？」

「……う――」

セイラは何かを答えかけていたが、すぐに口をつぐんでしまった。

しばらく間をおいて、セイラが再び口を開いた。

「行けない。わたしは幽霊だから。この場所を離れることができないの」

「いい加減にしろ!!」

セイラの肩が、ビクリとはずむ。

俺はセイラの頬にそっと手を当てた。

セイラの体温が、手のひらを通して伝わってくる。

「こんなに温かいお前が、幽霊のはずないだろう？」

「……それでも、行けないの。ゴメン」

幽霊だという話はいまだに信じちゃいないが、セイラにはどうしてもここを離れられない理由がある。それだけは確かなようだ。

「……なら、これからもお前に会いに来る。ここに来ればいつでも――」

俺は言葉の途中で、シャルカム将軍が明日、この祭壇を破壊する予定であることを思い出した。

「なあ。もし、この祭壇が破壊されたら、お前とはもう――」

「……会えなくなるね。言ったでしょ？　ここは冥界と現世をつなげる道なんだよ」

「まだそんなことを……」

――。

――――。

耳鳴りがいつのまにか大きくなってきていた。

セイラの声が少し聞きづらい。

こんなのは子供の時以来だ。そう、あの剣を使っていた時と同じ。

「祭壇、壊されちゃうの？」

「ああ……シャルカム将軍が、そう決めた」

「なら、もうお兄ちゃんとは会えなくなっちゃうね」

セイラの言葉に、頭をガツンと殴られたような衝撃が走った。

セイラと——会えなくなる？


————————————。

——。

————。

耳鳴りがうるさい。うるさい
耳をつんざくような高音。それは段々と、薄気味の悪い囁《ささや》き声にも聞こえてきた。
男とも女とも判別のつかない、異質な声。
ああ、うるさい。

「そんなことはさせやしない」

俺は即座にそう答えた。

「でも、壊されちゃうんでしょ？　祭壇」

「俺が止める。シャルカム将軍を殺してでも」

何を言っているんだ、俺は？

そもそも、セイラが幽霊だなんて、信じて――。

――ああもう、うるさいなあ。何を『委《ゆだ》ねろ』っていうんだ？

まあいいか。シャルカムはいかれたレヴィン教信者だ。

放っておいたらこっちが殺《や》られるかもしれない。

ヤラレル前にヤッテやる。

「駄目だよ。お兄ちゃん一人じゃ勝てない」

まあ、おそらくシャルカム以外ともやりあうことになるだろうしなあ。

あの剣が、あの剣さえあれば――。

ふと、セイラの手元に一振りの剣が見えた。

……なんだセイラ、お前が持っていたのか、その剣を。

さあ、お兄ちゃんにその剣を渡すんだ。

「……やだ、渡せない」

何を言っているんだ。

俺に渡すつもりで、いつもそれを持ってきていたんだろう？

「お兄ちゃん……ううん、ガスト、やっぱり――」


ワタセ。

ハヤク。


次の日の夜、俺は祭壇の前でシャルカムを待っていた。

今夜、彼とその手勢が、この祭壇を壊しに来る。止めなければならない。

多勢に無勢。だが、この剣があれば、何も問題はない。

俺は久しぶりに再会した相棒を強く握った。

セイラは何故か今日は、祭壇の前に来ていなかった。

どうしたのだろうか？　怖くてどこかに隠れているのだろうか？

まあ、きっとこれが終われば、またすぐに会えるだろう。

待っていてくれ、セイラ。


「……来たか」

霧の向こうに人影が見えた。

（？　一人……？）

集団でやってくると思っていた俺は、影が一つしかないことに少し混乱した。

それはシャルカムでも、他の兵士でもなかった。

肩に赤猫を乗せた、老婆が一人。

「お……お前は――」

「久しいわね、ゼノン……今は『ガスト』という名前だったかしら？」

十二歳の時、俺からこの剣を奪った、あのフードのババアだ。

「どうしてお前がここに!?」

「おかしなことを言う。その剣がここにある以上、持ち主の私がいるのは何も不思議ではないじゃないか」

「これは俺の剣だ」

「違う」

「違わない。元々、俺の家にあったものだ」

「それは昔、私がお前の先祖に預けた物なのよ。あなたは知らないでしょうけど。私はそれを返してもらっただけ」

「……わけのわからないことを。とにかく、この剣は渡さない、今度こそは」

「しばらくはそれでも良かったんだけどねぇ」

老婆はちょっと困ったような、明らかに作り笑いとわかる表情を見せた。

「少しだけ、予定外のことが起きてしまったの」

「……？」

「イヴェットにも困ったものね」

老婆はしわしわの右腕を水平に掲げた。

「でもまあ、『ヴェノム・ソード』が力を失っていないことはわかったから、一応、目的は果たせたと言えるかしらね」

老婆の掌《てのひら》が、朱色に鈍く輝き始める。

それが危険なものだと、本能的に察知した。

老婆が何か奇妙な力を使おうとしていること。そして、それに俺は昔やられたのであろうこと——。

俺は素早く間合いを詰め、老婆の首筋目がけて剣を振り下ろした。

刃は音もなく、老婆の首元を捕らえる。

しかし——。

何も起きなかった。老婆が断末魔の叫びをあげることも、首筋から大量の血が噴き出すこともなかった。

それどころか、老婆は元の表情のまま、ケタケタと笑い声をあげたのだ。

「効かないのよ。わたしにその剣は」

老婆は首に剣が刺さった状態のまま、俺の胸元に掌をあて、

「相変わらず、学習しない一族だこと」

老婆の掌の鈍い輝きが、大きな閃光へと変化していく。

「その美しい顔に免じて、今回も消し炭にはしないであげるわ」

次の瞬間、俺の全身を炎が包んだ。


その後のことを、端的に話す。

半年後、怪我の癒《い》えた俺は反逆容疑で裁判にかけられることになった。

あの日の翌日、遺跡の外れでシャルカムの死体が発見され、容疑者として、前日にシャルカムと険悪になっていた俺の名があがったのだ。

まあ、疑われても無理はないし、実際に殺そうとしていたのは事実だ。

だが、俺は否認した。

俺は殺していない、はずだ。

今にして思えば、あの剣を手にした時、俺の思考は確実におかしなものになっていた。論理的な思考ができなくなっていた、それは本当のことだ。

だが、その時の記憶は今でもはっきりと残っている。俺は祭壇で奴を待ち構えていた時に、あの老婆に襲われ、剣を奪われた——それだけのことだ。

そして結局、決定的な証拠は見つからなかった。

それでも死刑になる可能性は十分にあった。マリアム率いる《銀雀隊》がルシフェニアに寝返ったという事実はアスモディン軍にとっては大きな痛手であり、これ以上の謀反者が出ないように俺を見せしめにすることだってありえた話だ。

しかし最終的に国外追放という、少なくとも俺にとっては軽い処分で済んだのは、皇帝の温情に他ならないだろう。

さらに幸いなことに、祭壇は壊されていなかった。国外追放の身で危険であることはわかっていたが、俺はその後何度も遺跡を訪れた。

だが、セイラが俺の前に姿を現すことは二度となかった。


エルルカ＝クロックワーカーに出会ったのは、アスモディンを出てから一年後のことだ。

俺はその時、傭兵になっていた。なんだかんだ言って、結局俺には剣術しかとりえがなく、剣士としてしか生きていく術《すべ》がなかった。

ベルゼニアの参謀であったエルルカの護衛として雇われた俺は、『七つの大罪の器』についての話を、彼女から聞かされた。

あの剣――『ヴェノム・ソード』が、『大罪の器』の一つだということも。

大罪の器をすべて集めた時、何が起こるのか？

エルルカはそれを語ってはくれなかった。なので、自分なりに過去の書物をかき集めて調べてみることにした。文字の読み方はアスモディンの兵士だった時に簡単には習っていたが、古い言葉や他国語についてはからっきしだったので、専門家を雇って協力を仰いだりもした。

『大罪の器』について記された書はほとんどなく、大した情報を得ることはできなかったが、四百年前の書物の中に、興味深い記述を見つけることができた。

――『死者の蘇生』。大罪の器の力の一つとして、それが書かれていた。

この頃には、やはりあの祭壇で再会したセイラは、彼女の言う通り幽霊だったのではないかと考えるようになっていた。

霧の中から現れ、そして再び霧の中に消えていったセイラ。

彼女にまた会えるのだとしたら、うさんくさい古文書にすがるのもありかもしれない。

たとえ、塵《ちり》のようにかすかな可能性だとしても。

いいじゃないか。俺は所詮、色情狂――サテリアジス＝ヴェノマニアの子孫であり、その呪いを受け継ぐ者なのだ。

自らの欲望のために生きる――『アスモディンの悪魔』の名の通りに。

それはなんら、恥じることではないはずだ。

《エルド修道院長・イヴェットがユキナ＝フリージスに宛てた手紙》

拝啓　ユキナ様におかれましては益々ご活躍のことと存じます。

私どももおかげさまで皆元気で過ごしております。

……いえ、正確には、私以外は、といったほうがよろしいでしょうか。

私には、いよいよ神の元に召される時が近づいてきたようです。

長いようで短い六十五年、それなりに幸せな人生でございました。

後のことはリンに任せれば安心でしょう。クラリスも相変わらず頑張っているようです。

このまま死にゆくことに、悔いなどありません。


しかしながら、私には若い時、一つだけ大きな後悔を残す出来事がございました。

今まで、そのことを誰にも打ち明けたことはありません。本当は墓まで持って行くつもりだった話なのです。

だけど、何故でしょうか。自分の死期が近いと悟った瞬間、この秘密を誰かに洗いざらい話してしまいたい、そんな衝動に駆られたのです。

私にはもう、血の繋がった親族がおりません。リンやクラリスのことは本当の娘のように思っておりますが、だからこそ、今更こんな話を打ち明けるのも違うような気がしております。

ユキナ様をはじめとしたフリージス家の方々にはこれまで、大変お世話になってきました。

そのお礼、といってはおかしいですが、これから書く私の思い出話が、ユキナ様の創作アイデアの一助になればと思い、今回筆をとらせていただきました。

ユキナ様にとって、あまり面白くない話かもしれません。あなたの忘れたい記憶を、再び呼び起こすことになるかもしれません。その場合は、この手紙を捨て、忘れていただいても結構です。

これは私の、身勝手な懺悔《ざんげ》に過ぎないのですから。


私が五歳の頃、軍人だった父は戦争で死にました。

幼い頃の話なので、父の面影《おもかげ》は正直、あまりよく覚えておりません。

私は、黄金色の『鍵』を宝物としていつも持ち歩いていました。それは父が残した唯一の形見で、熱を与えると様々に形を変える、不思議な玩具《がんぐ》でした。

私にとって父は、その『鍵』の前の持ち主だった人でしかありませんでした。

母は「あなたの父親はアスモディンの勇猛な戦士だった」と、よく話していました。

そんな母が再婚したのは、私が十歳の時でした。女手一つで子供を育てていくのはやはり大変だったのでしょう。母が相手を本当に愛していたのかどうかは、当時、そして今の私にもわかりかねるところであります。

新しい父親もまた軍人で、それもかなり位の高い人でした。前よりも立派な、居心地の良い家に住めるようになり、最初は私も無邪気に喜んだものでした。

しかし義父が愛していたのは母だけで、私には優しくしてくれませんでした。家には義理の兄が二人おりましたが、彼らも義父同様、私に冷たく当たりました。

辛い日々でした。正直、何度も家出をしようと考えました。

しかし、子供一人で世間に放り出されて、どうやって生きていけばいいのでしょう？　結局のところ、私にそんな勇気はありませんでした。

義父と結婚して以降、母もあまり私にかまってくれなくなりましたが、それでも私は母のことは好きでしたし、離れたくなかった、というのもありました。

私は何とか、義理の家族たちに好かれようと、自分なりに努力をしました。好き嫌いせずになんでも食べ、常に清潔にし、悲しい時でも笑顔を絶やさないようにしてきました。子供の私にできることといえば、それくらいしかなかったのです。

しかし、結局その努力が実を結ぶことはなく、私はずっと「いらない子」として扱われていたのです。

そうして、四年の月日が過ぎた頃、家に三人の客人が訪ねてきました。

一人はとても綺麗な銀髪の女の人で、義父に何か資料のような紙の束を渡すと、すぐに帰っていきました。そして二人の客人が残りました。緑色の髪をした若い男性と、赤い猫を肩に乗せた老婆でした。

その人たちは義父とともに書斎に入っていきました。私は自分の部屋で一人、いつも通り『鍵』で遊んでいましたが、しばらくして義父に呼ばれたので書斎に向かいました。

書斎で緑髪の男性に、まじまじと顔を見られました。そしてしばらくすると、その人は義父と何やら小声で話し合いはじめました。

私は、今夜この男の人の慰《なぐさ》み者にされてしまうのかもしれない、と震えていました。いつかはそんな日が来ると、ずっと覚悟していたのです。義父ならそんなことをしかねない、と。しかし、結局その人は私に何もせずに帰っていきました。義父は残った老婆と目を合わせた後、私に部屋に戻るように言いました。わけがわからないまま自室に戻って、その日はそのまま眠りにつきました。

翌日、義父が私の部屋にやって来て、あの女の人が持ってきた資料を渡してきました。それを全部読んで頭に叩き込むよう、命じてきたのです。私は言われるがまま、資料に目を通しました。

そこには、ガスト＝ヴェノムという人の過去についての、詳細が書かれていました。

ユキナ様ならこの名をご存じかと思います。そう、あの『アスモディンの悪魔』剣豪ガスト＝ヴェノムのことです。彼は当時、まだアスモディンのいち兵士に過ぎませんでした。

あの銀髪の女の人はアスモディン軍の諜報員でした。彼女がのちの三英雄・マリアム＝フタピエの母親だったと知ったのは、ずっと後のことです。

ガスト＝ヴェノムはサテリアジス＝ヴェノマニアの子孫である――それは今でこそ有名な話ですが、その頃のガストはまだそのことを周りに隠していました。

敬虔《けいけん》なレヴィン教徒だった義父は、自分の部下にそのような人間がいることを許せなかったのです。ガストの追放を皇帝に直訴することもしたそうですが取り合ってもらえず、歯がゆい思いをしていたようです。

そして義父からある計画を聞かされ、それに協力するように頼まれました。

それは愚かで残酷な計画でした。

ためらう私に義父は言いました。これはこの国のためになることなのだ、お前の兄たちも今まで、同じように邪魔者の排除に協力してきたのだ、と。

――今にして思えば、義父は単に、自分の地位を脅《おびや》かしそうな若い才能を、恐れていただけなのかもしれません。

しかし私は、初めて義父に頼み事をされたことを、愚かにも心の中で喜んでいました。この計画を手伝えば私も家族になれる、「いらない子」じゃなくなる――私はそう信じて、義父の申し出を受けることにしました。

ちょうどその頃、隣国ルシフェニアとの戦争が激化しており、義父の率いる《金龍隊》はルシフェニアへ侵攻中の部隊を援護するために、首都ラサランドを出発しました。義父の部下だったガストも、もちろん部隊の一員でした。

金龍隊はルシフェニアに向かう際、『霧の山脈』という場所を通ることになっていました。私は部隊に先立って、予《あらかじ》め山脈の麓《ふもと》にあるミスティカの町に滞在しており、金龍隊が町に到着する頃に霧の山脈に入りました。

山脈には古い遺跡がありました。計画では、義父は何らかの理由をつけてこの遺跡に部隊をしばらく駐屯させる予定でした。その偽《いつわ》りの理由も義父は前もって考えていたようですが、それを実際に使うことはありませんでした。先遣隊の謀反という、本当のトラブルが起きたからです。

ともあれ、金龍隊は山脈の遺跡に待機することになりました。私は部隊の他の兵に見つからないように義父と合流し、昼の間は義父の寝床に隠れて過ごしました。部隊には二人の義兄も兵士として参加しており、私がそこにいるのを知っているのは、義父と義兄たちの三人だけでした。

夜になり、義兄たちがガストを、遺跡にある祭壇の前に呼び出しました。義父はその祭壇には近づかないよう兵たちに命じていましたが、ガストがそのような命令を忠実に聞くタイプではないことを、義父たちはよく知っていました。

義兄たちは呼び出しただけで、実際に祭壇には行きませんでした。代わりに、私が祭壇の前でガストを待つことになりました。もちろん、それも計画の内のことです。

寝床から出発する直前、義父が私に奇妙な剣を渡してきました。私は刃物など怖い、と言って突き返そうとしましたが、義父に無理矢理持たされました。「その剣は武器として使うのではない。ガストがお前を疑ったら、その剣を奴に見せろ」と言われました。私には意味がわかりませんでしたが、義父が真剣な目をしていたので、おとなしく従いました。

いつもの『鍵』遊びで暇をつぶしながら祭壇の前で待っていると、しばらくして、霧の中から酒瓶を手にしたガストが現れました。

ガストを間近で見たのは、その時が初めてでした。それまでは遠目で姿を確認するくらいしかしたことがありませんでした。ここに至る前に私の存在が知られてしまえば、計画はすべて台無しになってしまうからです。

ガストと私は二歳しか年が違わないはずでしたが、彼は実年齢よりもずいぶん大人びて見えました。そして、女の私が見惚れてしまうほど、美しい顔立ちをした青年でした。

ガストは私の顔を見るや否や、持っていた酒瓶から手を離してしまいました。瓶が割れる大きな音を聞きながら、私は計画の成功を確信しました。

彼は、私を死んだはずの妹・セイラであるとすっかり信じ込んでしまったのです。

あの日、家に来た緑髪の男は、ガストがエルフェゴートに住んでいた時の隣人でした。彼が私の家に来た時、ガストの妹に生き写しの私の姿を見てたいそう驚き、そのことを義父に話したのだそうです。

私がもう少し分別のある大人だったなら、義父の思いついた穴だらけの無茶な計画に乗ることなどなかったでしょう。今考えれば義兄たちも、よく義父の計画に反対しなかったものだと思います。義兄たちにとっては、それだけ義父が尊敬の――あるいは恐怖の――対象だったのかもしれません。

私は、ガストの妹の『幽霊』を装って彼に近づきました。もちろんガストは私の荒唐無稽《こうとうむけい》な主張など信じませんでしたが、私がセイラであることは疑おうとはしませんでした。

彼は妹の死を直接、その目にしているはずでした。それでも疑おうとはしませんでした。

何故か？

ここまで読んで、ユキナ様ならもうその理由を察しているかもしれませんね。

義父が私に預けた剣。義父はそれを、あの赤猫の老婆から受け取ったのでしょう。

……『大罪の器』です。ミキナ様を狂わせた『大罪の器』、そしてアビスI．R．。

これらがこの件に関わっていたのです。

もし、ユキナ様が気分を害されたなら、これ以上は読んでいただかなくてもかまいません。

しかし、大罪の器が関わっていることだからこそ、死ぬ前にユキナ様に明かしておきたいと思ったのも事実なのです。

選択は、ユキナ様にお任せします。


ご存じの通り、大罪の器は人の心を乱す物です。

ガストも義父も、もしかしたら私自身も、おかしくなっていたのかもしれません。

しかし、この霧の山脈でガストと過ごした二週間。そう、たった二週間のことに過ぎない短い期間で、彼に対して芽生えた想い。それが悪魔のせいだったとは思いたくはありません。

初恋でした。私と違って、一人で生きる強さを持った彼に惹《ひ》かれるのに、時間など必要なかったのです。

やがて当初の計画通り、軍の兵が何人か病気で倒れました。

これは実際に病気になったわけではなく、義兄たちとその子飼いによる芝居に過ぎませんでした。

義父はこれを口実に、異教の祭壇――私とガストが会っていた祭壇です――の破壊を決めました。

「祭壇が破壊されれば二度と妹と会えない」そうガストに思い込ませるのが私の役目でした。

破壊を阻止させようと彼が強硬手段にでれば、反逆者として合法的に殺せる……それが義父の最終的な狙いでした。

義父は計画をより確実なものにするために、わざとガストを怒らせるようなことを言い、彼の叛意《はんい》を煽《あお》りたてたりもしたようでした。

けれども、ガストの謀殺を決行する日の前日、私は彼から、軍を抜け、アスモディンを去るつもりであることを聞かされました。

彼がいなくなれば、義父の目的は達せられる。ガストが殺される必要はなくなるのだと、私は喜びました。

ガストは私に、一緒についてきてほしいと言いました。

それは私の望みでもありました。もしあの時頷いていれば、私の人生はまったく違ったものとなっていたかもしれません。

しかし、私にはその一歩を踏み出すことが、どうしてもできませんでした。

勇気というものは、誰にでも備わっているわけではないのです。

私はセイラの『幽霊』として、彼に別れを告げることにしました。ガストが軍を抜けるつもりだということを知れば、義父も説得できると思っていました。

しかし『大罪の器』。

やはりあれがすべてを狂わせてしまいました。

私はその時、まだその剣を持つ意味をわかってはいませんでした。ただ、父の命に従い、持ち歩いていただけなのです。

剣を見つけた途端、ガストは突然、人が変わったようになり、私から剣を奪い取りました。そしてその剣で彼はシャルカムを――義父を殺すと言いました。祭壇を、私を守るためだと。

私には彼を止めることなんて、できそうにありませんでした。

その剣が、禍々《まがまが》しい力を秘めた物だったと知った瞬間でした。


翌日、私は義父に、ガストが軍を辞めるつもりだということを話しました。二人が殺し合うことは、何としてでもさせたくありませんでした。

ところが義父は、ガストの謀殺を止めようとはしなかったのです。

義父はガストへの憎しみに囚《とら》われてしまっていました。それが義父の本性だったのか、あるいはその時、彼のそばにいた老婆――アビスＩ．Ｒ．の差し金だったのか。それは今ではもう、わからないことです。

アビスはもういませんし、義父のほうはその時……私がこの手で殺してしまったからです。

剣はガストが持っていました。だから私は何の武器も持っていませんでした。しかし当時十四歳の私は、屈強な将軍である義父を、横にいたアビスの妨害すらはねのけて、殺すことができたのです。

私の心はその時、話を聞いてくれない義父への怒りで満ちていました。気がつくと私の手には、血濡れた黄金色のナイフが握られていました。
父が遺した形見――あの『鍵』もまた『大罪の器』だったのです。それもアビスの魔力さえものともしない、最強の……。

あの『鍵』がなければ、その後もアビスや義兄たちから、逃げ切れはしなかったでしょう。そして慈悲《じひ》深きエルド派の修道士様との出会いがなければ、きっと生きていくことはできませんでした。


巡礼という名を借りた逃亡の最中、私はガストのことをずっと気にかけていました。危険を承知で、一度だけアスモディン皇帝に会いに行きました。そのあたりの詳細は省きますが、皇帝の放浪癖が幸いして、無事に会うことができたのです。皇帝からガストが処刑を免れたことを聞き、安堵しました。

何故だかそれ以降、あの『鍵』は形を変えることができなくなり、強力な力を発揮することもなくなりました。アビスも諦めたのか、私を追ってくることもなくなりました。

旅先でガストの活躍を耳にするたび、何度も彼に会いに行こうかと迷いました。しかし、できませんでした。

私は彼にとって『霧ノ娘』。あの山脈の、祭壇の前でしか存在できない『幽霊』なのです。お互いにとって、それが最良の形だと、そう思えてならなかったのです。

その判断が正しかったのか、間違っていたのか。それは今でもわかりません。

十数年後、エルド修道院が建てられた時、私は修道士様――当時の院長と相談して『鍵』を封印いたしました。過去を捨て、修道女として生涯を過ごす決意を固めたのも、その時でした。

神に身を捧げる日々の中で、私は次第に昔のことを思い出さなくなっていきました。目の前にいる、親の愛を受けられなかった子供たち。彼らを救うことに、思考のほとんどを割《さ》くようになっていきました。

次に過去のことを思い出したのは、ガストがルシフェニア革命で亡くなったことを聞いた時でした。何度かお墓参りにも行きました。彼があれほど嫌っていた、レヴィン教の集団墓地で眠っているのは、可哀想でした。

彼の一生を想うと、枯れていたと思っていた涙が止まりませんでした。

私が告白したかったことは、以上です。

もし、ユキナ様がここまで手紙を読んでくださっていたのなら、失礼を承知で、一つだけお願いがあるのです。

あの『鍵』は、確かにこの修道院に封印したはずでした。ミキナ様の身体を借りたアビスがこの修道院を訪れるまでは、ずっとそう思っていたのです。

しかし、封印したはずの場所に『鍵』はありませんでした。アビスもそれを知り、私と修道院への興味を無くしたようでした。

あの『鍵』は私を助けてくれた物でもあります。しかしながら、やはり悪魔の宿った『大罪の器』であることにかわりはないのです。

できるならばあの『鍵』を探し出し、再び封印してほしいのです。

あれがこの世に、災厄をもたらす前に。

彼女の理由
――……
どうしたの？
！
ずいぶん周りを気にしてるようだけど
……

悪ノ娘 彼女の理由

ichika 壱加

……目が悪い
目？
視界が悪いってこと？
いつから？
この姿になってから
……失敗をした覚えはないけれど……
因みにどこまで見えるの？
……あの

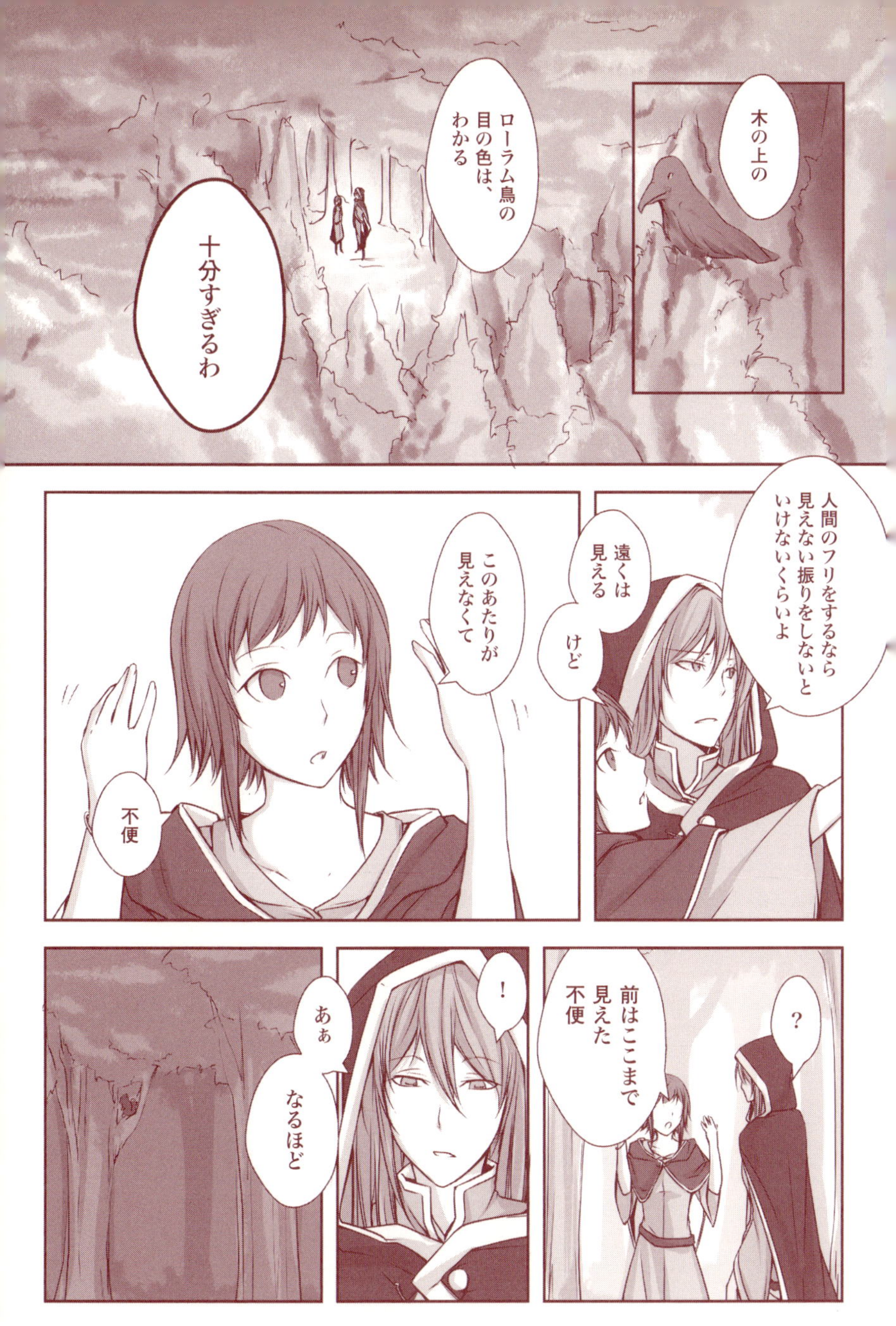
木の上の
ローラム鳥の目の色は、わかる
十分すぎるわ
人間のフリをするなら見えない振りをしないといけないくらいよ
遠くは見える
けど
このあたりが見えなくて
不便
？
前はここまで見えた不便
！
あぁ
なるほど

人間の姿だからよ
？
シマリスと人間じゃ、見える範囲が違うの
それが人間の普通よ
……
不便
しょうがないでしょ
……
……
あまり気は進まないけれど

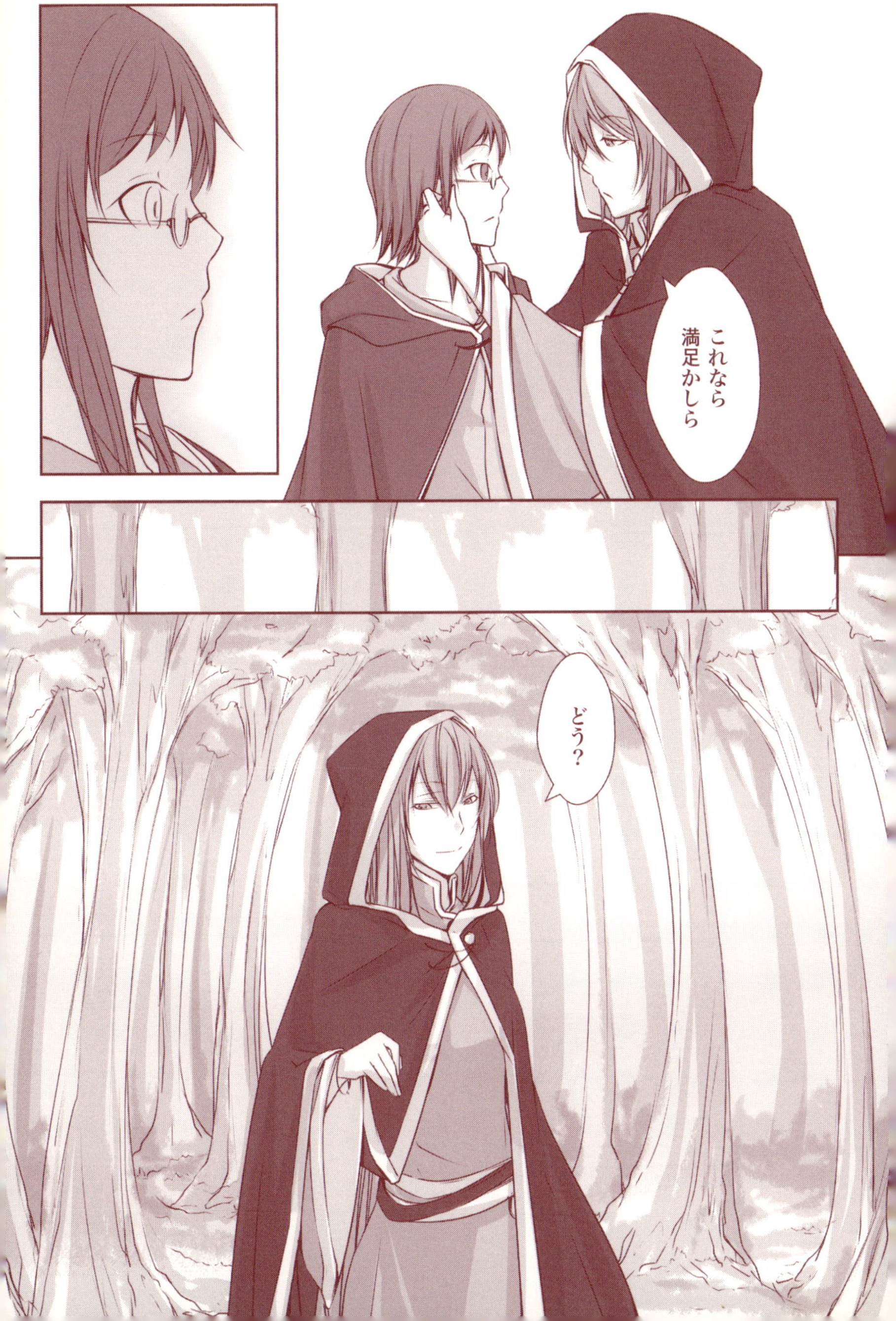
これなら満足かしら
どう？

――っ
少しは昔の視界に近いかしら？
それあげる
でも魔力を使って強制的に視野を広くしてるから
そう
なら良いわ

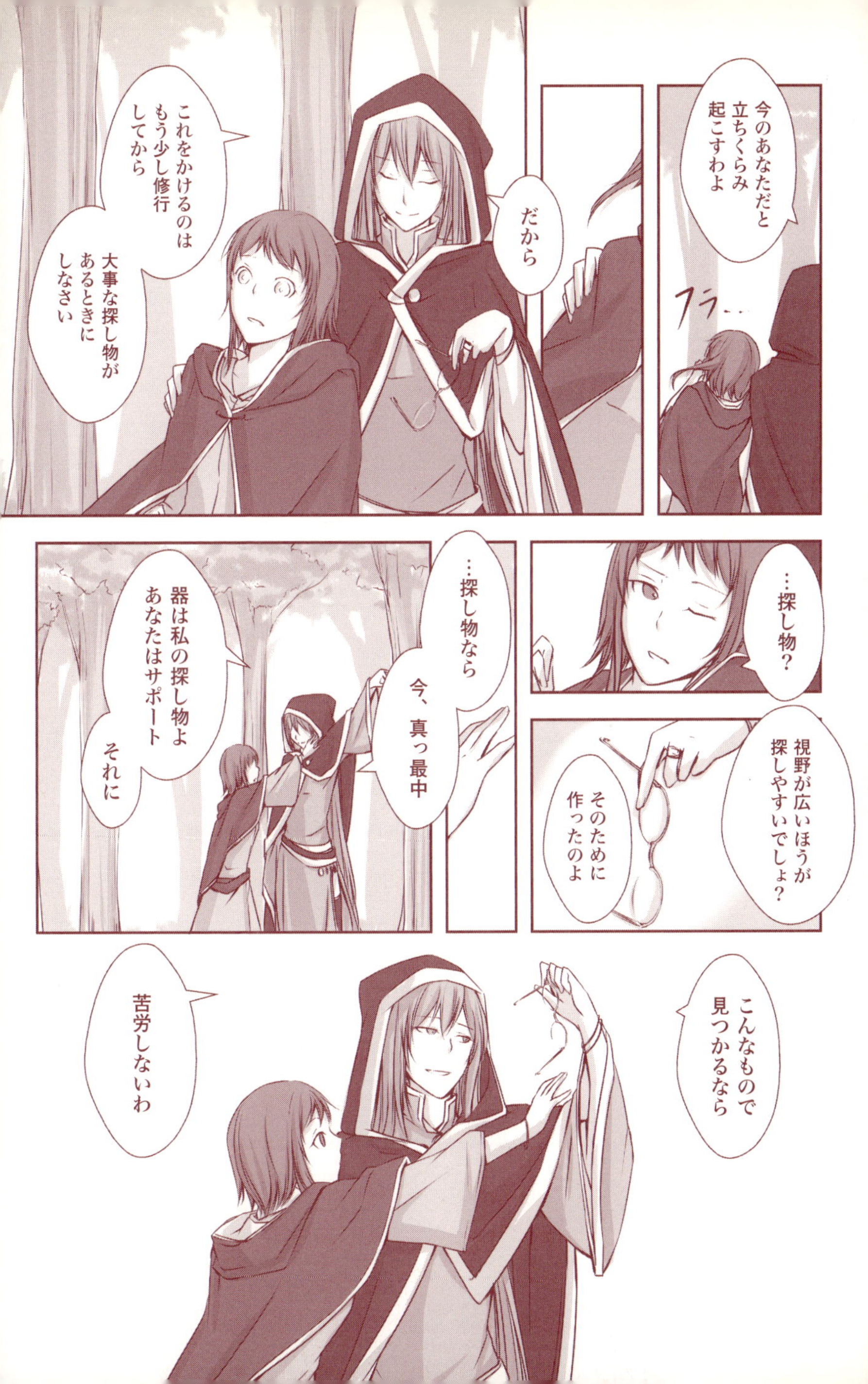
今のあなただと
立ちくらみ
起こすわよ
フラ…
だから
これをかけるのは
もう少し修行
してから
大事な探し物が
あるときに
しなさい
…探し物?
…探し物なら
今、真っ最中
器は私の探し物よ
あなたはサポート
それに
視野が広いほうが
探しやすいでしょ?
そのために
作ったのよ
こんなもので
見つかるなら
苦労しないわ

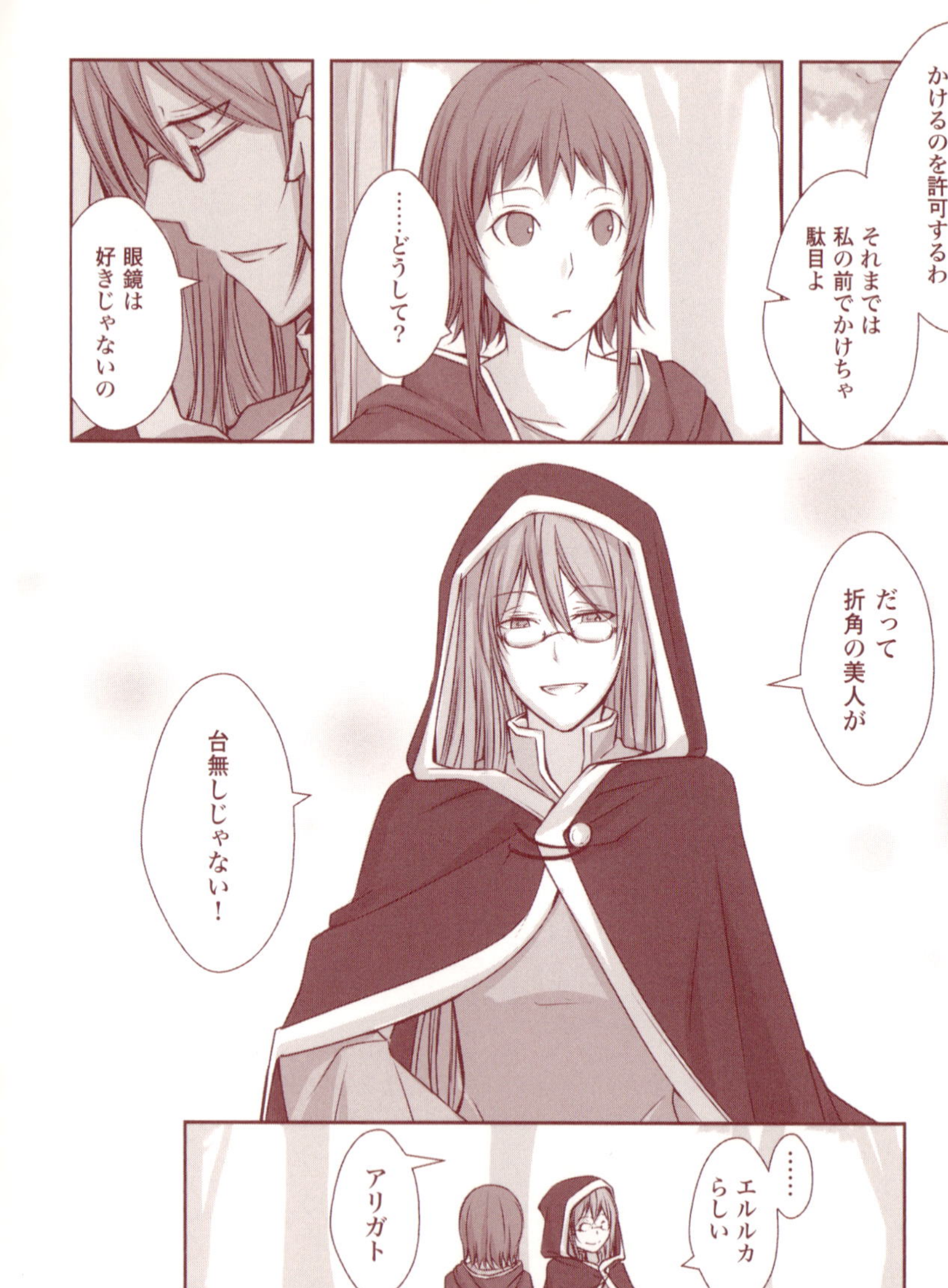
「あなたの」探し物を探すときだけかけるのを許可するわ
それまでは私の前でかけちゃ駄目よ
……どうして？
眼鏡は好きじゃないの
だって折角の美人が
台無しじゃない！
……エルルカらしい
アリガト

グーミリアさんは
どうして眼鏡をかけていらっしゃるのですか？
以前お会いしたときはかけていませんでしたよね？
…おかしいかな？
いいえ
とてもお似合いだと思います！
ただ、魔道師の方の視力が落ちるというのは想像しにくく
もしかしたら別の理由があるのかと
…良い勘してるな
隠すほどのことでもないが
……

いちから
説明するのは
少し面倒だな…
……
一言で言えば
エルルカが
いないからだ
！ …どういうこと
でしょうか？
もっと詳しく
ご想像に
お任せするよ
有望株の
小説家さん
公務があるから
私はこれで
あ、あとでぜひ
お話を聞かせて
くださいませ！
きっとですょ！
…まぁ
こんなもので
見つかるなら
苦労はないさ

おわり

あとがきコメント

いつもとはちょっと違った『悪ノ娘』の世界を描いてくれたお二方から、それぞれコメントをいただきました。

悪ノP(mothy)

ずっと書きたかったガストの話を、ようやく表に出すことができました！　アスモディンは国の名前こそちょくちょく出ていましたが、実際に舞台になったのは今回が初めてです。ルシフェニアとかよりも、ややアラビアン寄りな街並みを妄想していただければ幸いです。

壱加

悪ノ叙事詩、発刊おめでとうございます！

今回テーマ「自由」で漫画描かせて
頂きました。
結構な無茶振りです。
悪ノシリーズの世界観を壊さず
魅力をお伝えできていれば
嬉しく思います。
関わらせて頂いてありがとうございます！

壱加

掃きだめ
http://blog.livedoor.jp/ichi_ka01/

悪ノP公式！　キャラクターのその後

第四弾『青のプレファッチオ』以後、彼女・彼らはどのような人生を歩んだのだろうか？　これまでの軌跡と合わせてご紹介。

リリアンヌ=ルシフェン=ドートゥリシュ（リン）

Then the character

正体を伏せたまま、「リン」として洗礼を受け、正式にエルド修道院の修道女に。43歳の時に、前院長の後を継ぎ修道院長となる。562年、77歳の時に多くの孤児に見守られながら静かに息を引き取った。

表向きはルシフェニア革命で処刑されたことになっているが、それが偽りであることが公になることはついになかった。

▲気丈で気高かった母のようになりたいと強くあろうとした王女は、ただの少女として静かに第二の人生を歩み始めた。

エルド修道院

キール=フリージスの寄付によって建てられたこの修道院は、ルシフェニアの名もなき海岸近くの丘の上にある。レヴィン教ではレヴィア派が大多数を占めるため、今ではエルド派の教会が少ない（マーロン国の王都バリティに至ってはすでに一つも残っていない）。偶像崇拝を禁じているためか、立像などはない。

『霧ノ娘』にて、修道院長の名がイヴェットであり、かつて『大罪の器』を操った者であることがわかった。悪魔との契約についてのお伽噺を知っていたのも、こういった経緯がきっかけだったのかもしれない。修道院には彼女が封じた『鍵』があったというが……？

リリアンヌ略年表

◆485年
ルシフェニア王国にて、双子の弟・アレクシルとともに生を受ける。

◆491年
父・アルスⅠ世がグーラ病により死去。アレクシルとの間に後継者争いが勃発する。後見人・プレジの企てにより『悪食の悪魔』に憑りつかれてしまう。

◆499年
母・アンネ女王が死去。ルシフェニア王国統治者となる。

◆500年
緑狩り令により、ルシフェニア革命が勃発。アレン（アレクシル）が身代わりとなり処刑される。その後、リンとしてエルド修道院に世話になることに。

クラリス

Then the character

修道女として使徒職に従事し続けていたが、なくならないネツマ族への差別に心を痛めていた彼女は、エルド修道院を出て新たな修道会を設立。差別のない社会を作るための活動を始める。やがてその活動はルシフェニア国外にも広がり、全世界規模のものになっていった。エルド修道院を出た後も、リン（リリアンヌ）との交流は続いていたという。

クラリス略年表

◆**479年**
エルフェゴート国で誕生。

◆**499年**
千年樹の森にてエルフェ人・ミカエラと出会い、ともに暮らし始める。アケイドのフリージス邸に、ユキナの専属メイドとして雇われる。

◆**500年**
革命後、ルシフェニアのエルド修道院に手伝いとして務め始める。後に正式に洗礼を受け、修道女となる。

新たな修道会

幻身のミカエラに言われた「自分自身で道を選ぶことに意味がある」という言葉。さまざまな人との出会いを経て見つけた、彼女なりの答えだったのだろう。

ミカエラ

Then the character

エルドの後継として、急速に憑代《よりしろ》である樹を成長させる。エルドが地上から姿を消した後は新たな森の守り神となった。実際の樹齢は千年に到底満たない若木ではあったが、エルフェゴートの住民たちには親しみを込めて千年樹（あるいは先代と区別するために『新千年樹』）と呼ばれた。

精霊の時以上に退屈な日々を送ることになってしまったミカエラは、五百年後、ガレリアン＝マーロンの手により『大罪の器』の集められた映画館が森に建てられると、ここぞとばかりにこれに干渉をし始めるのであった。

ミカエラ略年表

◆**千年前**
大地神エルドの眷属として生まれる。

◆**001年**
イヴ＝ムーンリットによる誘拐・殺人事件を目撃。

◆**499年**
戯れの湖周辺で黒ローラム鳥に襲われ負傷。クラリスに保護される。

エルルカによって、イヴ＝ムーンリットの姿で人間に転生。エルフェゴート首都アケイドにてフリージス邸のメイドとなる。

◆**500年**
ルシフェニアの緑狩り令から逃れるため、千年樹の森の隠れ家に避難するも、ネイによって刺殺される。

エルドの力によって苗木に姿を変える。

◆**505年**
千年樹の森に植樹される。

カイル＝マーロン

◀母を亡くし、救いたかった妹も亡くし、虚無に囚われたカイル。再度自らの夢を追い始めたのは、ユキナに影響を受けたのだろうか？

Then the character

ルシフェニアを共和国として独立させた後、王位を義弟のアルカトイルに譲り、マーロン国から姿を消す。その後は子供の頃の夢だった画家として、諸国を巡り絵を描き続ける。

やがてルシフェニアでユキナと再会すると旅をやめ、彼女と同居生活を送る。ユキナとは婚姻関係ではなかったようだ。最終的に画家としては大成することはなかったが、「それでも彼は幸せそうだった」と晩年のユキナは語っている。

カーチェス＝クリム

カイルが幼少期に使用していたペンネーム。淡い色彩が特徴の油絵で、風景より動物や人間を好んで描いていたようだ。当時制作した絵画はキールの屋敷にあるネイを描いた一枚以外はすべて本人によって焼き捨てられている。この名前は、身分を隠してルシフェニアの革命軍に参加した際も使用していた。

そもそもこの名は、400年近く昔のカイルの遠い祖先のものである。ヴェノマニア事件で誘拐されたマーロン王妃を助けた貴族で、彼は王妃と不倫関係にあったそうだ。その後、彼らは駆け落ちし、巡り巡ってマーロン王室にその血筋を残している。

カイル略年表

◆474年
マーロン国に母・プリムとマーロン王の子として生まれる。
◆488年
親戚の子として連れてこられたネイの絵を描く。
◆489年
家庭教師・マルギットが謀殺される。
◆490年
キールと知り合う。
それまで描いた絵を焼き捨てる。
◆494年
マーロン王位を継ぐ。
◆501年
ルシフェニア王国をマーロン国に併合。
◆505年
『傲慢の悪魔』に取り込まれ悪魔化。
マーロン国・心音の時計塔にて母・プリムの独白を聞く。

ユキナ＝フリージス

Then the character

その後も小説を書き続け、いくつもの人気作を生み出すことになる。彼女が生涯に書いた著作は百を超えるが、それ以外にも出版されていない私書が多数存在し、収集家たちの間で高値で取引されているという。

ユキナ略年表

◆**491年**
エルフェゴート国アケイドにて生まれる。
◆**499年**
クラリス・ミカエラと出会う。
◆**500年**
誕生日に母・ミキナから手帳をプレゼントされる。
マーロン国に引っ越す。
自身初の小説本を出版。
◆**504年**
親の反対を押し切り、一人旅に出る。

▲「物語の続きを書いてもらわなくちゃ」あの日海岸で聞いた言葉に応えるよう、ユキナはたくさんの物語を世に残していった。

リリアンヌ（リリィ）＝ムーシェ

▲ルシフェニアが共和国になった後も、リリィは女将軍として生まれ育った国を支え続けたのだ。

Then the character

レタサン政変前にベルゼニアに亡命したものの、その後すぐにルシフェニア軍に復帰。レヴィアンタの『新生四騎士事件』では成り行き上、ジェルメイヌと決闘することになり、見事に勝利を収める。結婚後は軍を辞め、二人の子供を産んだ。

リリィ略年表

◆**480年**
ルシフェニア将校・ギャストンの娘として生まれる。
◆**500年**
仮面の男との決闘が原因で、父・ギャストンが死亡。
◆**503年**
カイル王よりレジスタンス対策の任を命ぜられる。後にレジスタンスから取り戻したレタサン要塞の司令となる。
◆**505年**
ルシフェニア軍を辞め、ベルゼニア帝国に亡命する。
レタサン政変後、ルシフェニア軍に復帰。

エルルカ＝クロックワーカー

◀悠久を生きることとなった彼女は、その時代ごとに異なる国、役割に身を置いてきた。本人は「暇つぶし」と言っているが、その本心は？

Then the character

『大罪の器』のいくつかをミキナから回収したエルルカは、残りの器を求めてグーミリアとともに旅を再開する。『新生四騎士事件』『トラゲイ連続殺人事件』などいくつかの事件を通してアビスI.R.と関わる中で、アビスI.R.の正体が義理の妹・イリーナだと知る。611年、メリゴド高地にて、イリーナに最後の戦いを挑むことになる。その後は、842年に東方の国・蛇国でその姿が確認されている。

レヴィアンタの災厄

013年に起こり、レヴィアンタ魔道王国の崩壊へと繋がった事件。王立研究所での魔法実験中の事故だと言われている。しかし、『緑のヴィーゲンリート』では、エルドが「クロックワークの秘術に失敗してエルルカが自分の国を滅ぼした」、『青のプレファッチオ』では「500年前の『Ma』の生き残り」など、意味深な言葉が記されている。まだまだ明かされぬ謎が多い事件だ。

イリーナ

エルルカにはかつて、愛する婚約者がいた。彼の名はキリル＝クロックワーカー。彼には優秀な魔道師である妹がおり、イリーナという名だった。

エルルカ略年表

◆013年
レヴィアンタの災厄によって祖国・魔道王国レヴィアンタが崩壊する。

◆015年
大地神エルドより『大罪の器』集めを依頼される。

◆137年
転身の術によりルカーナ＝オクトの身体を得る。

◆325年
ベルゼニア帝国にてバニカ＝コンチータの調査にあたる。

◆480年
ルシフェニア王アルスI世の配下となる(サノスン橋の誓い)。

◆491年
リリアンヌに憑りついた『大罪の悪魔』を祓い、器である鏡を封じる。

◆499年
大地神エルドの眷属である精霊・ミカエラとグーミリアを人間に転生させ、弟子にする。

◆500年
緑狩り令をきっかけに、グーミリアとともにルシフェニアを出奔。ミカエラの苗木を回収後、キール＝フリージスより大罪の器『ヴェノム・ソード』を得る。

◆501年
ルシフェニア王宮に忍び込んだことで「魔女狩り令」の対象となる。

◆502年
マーロン国にてアビスI・R・と交戦。身体を奪われるも、精神のみグーミリアの身体に移動する。

◆505年
グーミリアの身体を使い、アビスI・R・と交戦。見事勝利し身体を取り戻す。

アビスI.R.（イリーナ＝クロックワーカー）

Then the character

浜辺での決闘にて本体である猫のぬいぐるみを破壊され、死んだと思われていたが、後の『新生四騎士事件』にて姿を現す。再会したジェルメイヌの身体を乗っ取り、百年後に『ジュリア＝アベラール』として犯罪組織『ペールノエル』を設立。『トラゲイ連続殺人事件』『切り裂きレミー事件』にて暗躍した。エルルカに対し「親愛なるお姉様へ」と題した果たし状を出し、メリゴド高地にて決闘を申し込んだ。

グーミリア

Then the character

エルルカとともに『大罪の器』探しの旅を続け、様々な事件に接する。しかし、『メリゴド高地の決闘』の後、彼女は表舞台から姿を消すことになる。

▶エルルカの弟子として魔術の勉強を続け、元精霊という立場から植物を操る魔術を得意としている。メリゴド高地での決闘後、彼女はどこへ消えたのだろうか……？

グーミリア略年表

◆千年前
大地神エルドの眷属として生まれる。

◆137年
アスモディンの貴族・グミナ＝グラスレッドが頻繁に巡礼に訪れるようになる。

◆499年
エルルカによって、グミナ＝グラスレッドの姿で人間に転生。エルルカの弟子となり、王宮魔道師見習いとしてルシフェニアに仕える。

◆500年
緑狩り令をきっかけに、エルルカとともにルシフェニアを出奔。ミカエラの苗木を回収し、カイルに殴る蹴るの暴行を加える。

五カ月ほどマーロン国キール邸に世話になる。クラリスにミカエラの苗木をかけて勝負を挑む。

◆501年
エルルカとともにルシフェニア王宮に忍び込み、「魔女狩り令」の対象となる。

◆502年
マーロン国にてアビスI.R.と遭遇。肉体を奪われたエルルカの精神をその身に宿す。エルルカのコネを頼りに、ベルゼニア皇帝相談役に就任。

◆505年
ネイによる屍兵襲来の対応にあたる。相談役を辞め、ルシフェニア王宮へと旅立つ。その際ジェルメイヌを護衛に雇う。

マーロンにてアビスI.R.と交戦。エルルカの身体を取り返す。

ジェルメイヌ＝アヴァドニア

Then the character

浜辺でのアビスI.R.との戦いの後、シャルテットとともに再び旅に出る。三年後、神聖レヴィアンタで『大罪の器』の一つ『レヴィアンタの双剣』が原因で起こった『新生四騎士事件』に巻き込まれる。その際に死んだはずのアビスI.R.と再会。再度戦うことになるが、かつての浜辺の戦いで負っていた首の傷が原因で敗れてしまう。

その後ジェルメイヌはアビスI.R.に身体を乗っ取られ、百年後に『ジュリア＝アベラール』として犯罪組織『ペールノエル』を設立。最後はメリゴド高地でエルルカの手により消滅した。

ジェルメイヌの身体

度重なる戦闘で先陣を切ってきたジェルメイヌの身体は、普通より傷の治りが早いようだ。アビスI.R.曰く、ジェルメイヌはコンチータの血族である可能性が高いという。

ジェルメイヌ略年表

◆480年
生を受ける。
◆482年
レオンハルトの養女となる。
◆491年
アレンが義弟となる。
◆500年
レジスタンスのリーダーとなり、ルシフェニア革命を先導。『赤い鎧の女剣士』と称えられる。
革命が終結すると、シャルテットとともにルシフェニアを出奔。『魔女狩り令』の対象となる。
◆504年
旅先のベルゼニアにて元レジスタンスメンバーと再会。ベルゼニア軍ラングレー部隊に所属。
◆505年
レタサン政変にて功績をあげる。
グーミリアの用心棒としてともに旅立つ。

▶浜辺の決闘では見事アビスＩ.Ｒ.を串刺しに。満身創痍だった彼女が立ち上がったのは、彼女の〝馬鹿弟〟の支えがあったからだった。

シャルテット＝ラングレー

◀幼い頃助けてもらった恩義から、ジェルメイヌを「アネさん」と呼び慕っているが、彼女の方が六つも年上である。

Then the character

ベルゼニア軍を辞め、ジェルメイヌとともに旅に出る。神聖レヴィアンタで起きた『新生四騎士事件』がきっかけで、大罪の器『レヴィアンタの双剣』の所有者となってしまう。しかし、彼女はそのお気楽な精神ゆえか、悪魔に取り込まれることはなかった。その後は『レヴィアンタの双剣』をアビスI.R.から守るために旅を続け、最終的にエヴィリオスのはるか東方にある『蛇国』にたどり着く。アビスI.R.の目を欺くため、シャルテットは『レヴィアンタの双剣』を加工し、鋏の形へと変えた。

シャルテット略年表

◆474年
生を受ける。
◆492年
迷いの森にアジトを構える盗賊に誘拐される。
◆499年
王女付きのメイドとして働き始める。
◆500年
レジスタンスのメンバーとして革命に参加。終結後はジェルメイヌとともに旅に出る。
◆504年
ベルゼニアにてラングレー隊の隊長に就任。
◆505年
レタサン政変に参加。

蛇国

エヴィリオス地方の遥か東方に位置する島国。アスモディンとの交易が盛んで、キモノやカタナなど独特の文化を持つ。842年に、円尾坂にて連続殺人事件が起こっている。

新生四騎士事件

508年に宗教大国・神聖レヴィアンタで起こった事件。当時レヴィアンタでは、一部の改革強硬派がレヴィン大教会に対して激しく反発しており、衝突を繰り返していた。そんな中、大教会の幹部候補であったミハイル＝アサエフは強硬派と接触し、三人の同志を引き連れ新たに政治結社「ネオ・アポカリプス」を結成。彼らは国内でテロ行為を繰り返すようになる。自身を置いて出世していく同期に“嫉妬”しての行動だったらしいが、その裏には『大罪の器』が関わっていたようだ。

大教会はテロの鎮圧協力を他国に依頼するも、揉め事に干渉することを嫌ったマーロン国、エルフェゴート国はこれを拒否し、ルシフェニア共和国も一部隊を派遣するに留まった。しかし大教会のこの動きは「ネオ・アポカリプス」をはじめとした強硬派の反発をさらに強め、大教会陥落を狙った大規模なテロ事件『新生四騎士事件』にまで発展することとなった。

なお「ネオ・アポカリプス」の名前の由来は、レヴィアンタ魔道王国時代に存在した犯罪組織「アポカリプス」から。「アポカリプス」も四人の人間が率いており、「ヘンゼル」と「グレーテル」の実母、メーター＝ザルムホーファーもその一人だった。

キール＝フリージス

Then the character —

アビスI.R.に乗っ取られたミキナに襲われた際の怪我は完全に治ることはなく、キールの体には後遺症が残った。ほどなくして彼は引退を発表し、フリージス商会の長の座を息子のショウに譲る。もちろん、まだ子供であるショウにその大任が完全に務まるわけもなく、キールや側近たちが実務の大部分を補佐する形となった。

晩年に設立したフリージス財団は、彼の死後も政財界に大きな影響を及ぼすことになる。

◀壮大な半生を送ったキールとミキナだが、今では三人の子供に囲まれ穏やかな生活を送っていた。しかしそれは表面だけだったようだ。

トラゲイ連続殺人事件

609年、エルフェゴート国の町トラゲイにて、人が次々と死亡する怪事件が起こる。マルガリータ＝ブランケンハイムによる大量毒殺であることが判明したものの、時すでに遅くトラゲイは壊滅状態となり、死の町と化していた。エルルカとグーミリアは、事件の裏に「ペールノエル」、そして『大罪の器』が関与していると踏み独自に調べるものの、すでに器は持ちさられたあとだった。

エルフェゴート政府からこの事件の調査を依頼されたのが、キールが設立したフリージス財団である。マルガリータは医者の娘で、毒薬「gift」を「よく眠れる薬」だと言って使用していたそうだ。

切り裂きレミー事件

610年にルシフェニア共和国ロールド領で起きた連続猟奇殺人事件。犯人の名前とその手口からこの呼称がつけられた。

犯罪組織ペールノエルの長・ジュリアに引き取られた孤児のレミーは、彼女の洗脳によって“五番目の道化師”として夜な夜な街で富豪を襲い、暗殺を行っていた。ペールノエルには他にも「さんた」「あおいの」「ねむらせ姫」「さむらい」などが所属していたようだ。

後世にはエルルカとグーミリアがレミーを殺害し、この事件は幕を閉じたと伝えられている。この際ジュリアが残した手紙によって、ジュリアがエルルカの妹・イリーナ＝クロックワーカーであることが判明した。

ミキナ=フリージス

Then the character

アビスI.R.から解放された後、生涯を夫の介護に費やした。キールの死後、遺産の相続を放棄し、マーロンの民家で一人ひっそりと暮らす。自分の居場所を子供たちには知らせていなかったが、息子のショウは彼女が亡くなる直前にその所在を探し出す。ミキナは駆け付けた子供たちの前で息を引き取った。

ショウ=フリージス

Then the character

フリージス商会を継いだ後、優秀な側近と父に支えられ、次第にその商才を発揮し、商会をさらに大きくしていった。しかし、フリージス財団設立後にエルルカと「フリージス財団の富と権力を自由に使っていい」という契約を勝手に結び、財団員の批判を受けた。

アイル=フリージス

Then the character

大人になるにつれ、病弱だった身体もすっかりよくなり、マーロンの貴族と結婚して穏やかに暮らした。

フリージス家略年表

◆473年
キール=フリージス、ミキナ=スファルツ誕生。

◆484年
ミキナ、マーロン王家の晩餐会にてカイルと出会う。

◆489年
キール、カイルよりマルギット謀殺の調査依頼を受ける。

◆491年
キールとミキナがエルフェゴートに駆け落ち。
アケイドにて長女ユキナ誕生。雑貨屋を始める。

◆492年
ミキナ、プリムより大罪の器『マーロンスプーン』を渡される。

◆493年
長男・ショウ誕生。

◆494年
マーロンよりミキナの父が訪ねてくる。『マーロンスプーン』によりショウが火傷を負う。

◆495年
次女・アイル誕生。

◆499年
ミカエラとクラリスをメイドとして雇い入れる。

◆500年
緑狩り令によってルシフェニア王宮に囚われる。解放された後は一時的にルシフェニア商人・コーパの元に身を寄せるも、マーロンへと帰郷することに。

◆505年
ミキナが『大罪の器』を探しに、ルシフェニア王国エルド修道院を訪ねる。

アビスI・R・によって操られたミキナがキールを攻撃。ルシフェニアの名もなき海岸にてアビスI・R・から解放される。

悪ノP先生へのメッセージ

完結記念オリジナルCDプレゼントキャンペーンにて、たくさんの熱～いメッセージをいただきました。その一部をご紹介します！

はじめまして！　まずは、悪ノ娘シリーズ完結おめでとうございます！　わたしからすると、「もう少し続いてほしかったなぁ……」なんて、ちょっぴり思ってたりもしてますw　あと『青のプレファッチオ』も買いました！　ラストのところは、もうなみだが止まりませんでした(泣)　これからも、お体に気をつけて、がんばってください。

「悪ノ」世界を、思いきり堪能しました。

いつも素敵な曲ありがとう&小説執筆お疲れ様でした。悪ノ曲と出会ってボカロの世界がより面白くなりました。これからも陰ながら応援させていただきます……！

七つの大罪シリーズノベル化!!　おめでとうございます!!　そしてありがとうございます！　ボカロにハマるきっかけが『悪ノ召使』の私にとってこれ以上ない喜びです!!　絶対買います!!

『悪ノ娘』と『悪ノ召使』を初めて聴いてからすっかり悪ノワールドのとりこになりました。「悪」のストーリーの結末が明かされるその日まで、応援し続けます！　新作も楽しみにしています!!　これからもがんばって下さい。

『青のプレファッチオ』のアレンがジェルメイヌを支えているシーン、感動しました!!　これからもがんばってください。

考えれば考えるほどに深くなっていく悪ノワールドが大好きです。1人1人に深い過去があって大好きです。がんばって下さい。

アレンの詳しい生い立ちが知りたいです!!　七つの大罪「憤怒」、どういう結末になるか楽しみにしています。

悪ノ娘、今までの『黄のクロアテュール』から『青のプレファッチオ』まですべて買って読んでいます。私はリリアンヌとアレンが好きです。アレンの処刑時、「さようならリリアンヌ　もしも生まれ変われるならば　その時はまた遊んでね」のセリフで泣けました。『青のプレファッチオ』では、ジェルメイヌを支えるアレンにとても感動しました。悪ノ娘がもう終わりなのはかなしいけれど、また次の作品(ボカロ)にきたいしています。先生大好きです!!

楽曲のみではわからない悪ノシリーズのお話が読めて本当に幸せでした。ここまで壮大なお話を考えられた悪ノP様は私にとって神様のような存在です。こからも楽曲作りなどなど、がんばって下さい ^□^

次の曲もたのしみにしてます！
小説の番外編なども出してほしいです!!

大ファンです!!

悪ノシリーズ大好きです！
楽曲になっているもの全ての
話をぜひ小説化して欲しいです。

『黄のクロアテュール』を読んだとき、涙腺崩壊してしまいました><。　感動します！　こんな小説を書けて曲も作れる悪ノP先生は本当にすごいです！　これからもがんばってください！

曲や小説拝見させていただいてます。次はどんな展開になるのかと曲を聞く前や小説を読む前はいつもドキドキしています。これからも頑張って下さい！

悪ノPさんの曲が小説化すると聞いたとき、数々のなぞが、ついにあばかれるのかっっ!! と思ってとってもうれしかったです!! これからも“悪ノワールド”を広げてください♥

家族みんなで大好きです！ ///　七つの大罪シリーズも楽しみにしていますっ！　これからもがんばって下さい！

悪ノP先生はいつも「あれ？　これって……」という展開を楽曲にひそませていらっしゃるのでいつもおもしろくて好きです♥

綿密に造り込まれた悪ノワールドが大好きです！　新曲、CD、小説が出る度にわくわくし、考察、妄想を繰り広げていますｗｗ　小説「七つの大罪」シリーズ、夏の新譜もすごく楽しみにしています。これからもお体に気をつけて頑張ってください！（PS、個人的にネジと歯車とプライド、砂漠のBLUEBIRDの続編期待しています）

小説も曲も愛しています

いつもすばらしい楽曲をありがとうございます。私は悪ノPさんの曲は全て好きなのですが、特に『EVILS　COURT』のミカエラの曲がとても好きです。ミカエラとクラリスの出会いから別れまでを曲の中に描いていてとてもすばらしかったです。これからもくせになるような楽曲をお願いします。

悪ノ娘を読んで初めて小説で泣きました!!　私はリリアンヌとアレンが服を交換するシーンがお気に入りです。これからも応援してます！　がんばって下さい!!

mothy先生の楽曲も小説も大好きです！　どの場面も印象に残っていますが、特に気になったのは墓場の主がカイルに言う最後の言葉「……この時代の『アダムの魂よ』」この言葉が意味深くてすごく気になりました。次回作の《七つの大罪シリーズ》さらに深まる悪ノワールド楽しみに待ってます。

「Ｍａ」の存在がとても気になります！　一体、誰なんでしょうか？

貴殿は神様です

いつも楽しく読ませてもらってます！　個人的にはマリアムさんがお気に入りです（正直に言うとクラリスも）。新曲のほうもがんばってください！

ついに最終巻が出て……本当におもしろかったデス。こんな素晴らしい本と出あうことができ、そしてこの本にとてもひかれていきました。また悪ノP先生が出した時、絶対買いますっ♪♪　先生が大好きです!!

小説とてもよかったです。キャラの心情や想い、よく伝わってきました……。

絵師コメント

今回もたくさんの絵師の方々にご参加いただきました。描いたイラストについてのお話やメッセージをご紹介します。

1. イラストのタイトル　2. イラストの解説 or 描いた感想
3. 好きなキャラクターとその理由　4. メッセージ

憂

アルカディアの扉
http://arcadia-art.com/

1.「悪ノ叙事詩」
2. 今回はエルルカと紫をテーマにというご指定だったので、紫だけどちゃんと明るめの絵になるようにがんばってみました（紫って扱いが難しい色なんですよね）。前回描かせていただいた、「悪ノ間奏曲」の表紙の要素も残しつつ、これまでの悪ノシリーズの集大成といった雰囲気が出るようにしました。主役の４名と、同色の歯車がエルルカの手の内にあるといった構図です。
3. むずかしいですが、アレンくんかな？　エルルカ・グーミリアの関係も好きです。絵描きなので、どうしても描くごとに愛が増していきます。
4. これでリリアンヌとアレンからはじまった悪ノシリーズもひと区切りでしょうか。でも、この物語で活躍したキャラクター達には、きっとまた別の形で会うことが出来ると期待しています。
最後に、このような素敵な作品を通して、絵を描かせて頂けたこと、本当に有難うございました。ファンの皆様、悪ノＰさん、編集部の皆様に、心より感謝申し上げます。

吉田ドンドリアン

Yoshida Yoshitsugi
http://sekitou.sub.jp/

1.「悪ノ娘」Illust Story
2. 普段描かないキャラクターを描けて楽しかったです！　ようやく好きなグーミリアちゃんを描けて幸せです。
3. エルルカとグーミリアです、謎の多いキャラクターで気になります。
4. 色々と描かせていただきありがとうございました！　悪ノワールドを引き続き楽しみにしています。
● P38 の合成したイラストについての解説や感想
ジェルメイヌ（民衆）が討ちとったのは実はリリアンヌではなくアレンで、ミカエラを殺したのは実はネイで…という仕掛けになっています。また、苦しむカイルにミカエラが歌いかけるような構図になっています。「青のプレファッチオ」にも描かせていただけるとは思っていなかったので、「赤のプラエルディウム」の時点では計画していませんでした。

電鬼

Fusion Factory
http://fusionfactory.fc2web.com/

1.「雨中ノ心音」
2.「青のプレファッチオ」で、ハリネズミ城でネイが屍兵を率いているシーンのイメージを描かせていただきました。どこぞのホラー映画みたいな雰囲気になりましたが、雰囲気は出たのではないでしょうか。
3. 中でも好きなのはクラリスなのですが、孤独な少女がミカエラ達に会うことで心情が変化していく様や、紛争に巻き込まれていく様は読んでいるうちに感情移入してしまうくらい好きなキャラクターの一人です。あとは以前エルルカを描かせていただいた経緯もあり、結構謎めいた部分も多いキャラですがそういう部分も含めて好きなキャラクターです。
4. この度は再び悪ノ娘シリーズに参加させていただきありがとうございました。きっかけは mothy さんの「マダム・メリーゴーランド」の絵を描かせていただいたことからなのですが、またこういった形で悪ノ娘のイラストを描かせていただきました。これからも悪ノＰさんが作り続ける作品を心から応戦しております。

笠井あゆみ

射千堂
http://www6.ocn.ne.jp/~ayumix28/

1.「あの時のこと覚えてる？」
2. ガストとマリアムは同郷で共に戦う仲間だったそうなので。故郷アスモディンはアラビアがイメージだそうなので。ふたりはどんな会話をしていたんでしょうね。
3. エルルカ。見た目がとても好みです。マリアム。見た目がとても（以下略）。クールビューティで強いキャラに惹かれます。あと、ネギ。
4. ご縁がありまして再度悪ノシリーズのキャラを描かせていただきました。楽しかったー！

ゆーりん@北乃友利

⇒ Happy TOGETHER
http://www.ne.jp/asahi/happy/you-ring/

1.「激突！ 二強戦乙女」
2.「赤のプラエルディウム」では共に表紙で描かせて頂いたものの、本編では相まみえる事はなかった作中屈指の戦士・ジェルメイヌとリリィ。果たして、どちらが強いのか？ というドリームマッチが今！ ここに！ という if なイラストです。…実際、どちらが勝つんでしょうね（笑）。
3. ユキナが一番多く描かせて頂く機会が多かったので、妙に愛着が沸いています。元気もあって、ユニークで、作中でも色々なキャラと絡む事が出来て、家族にも恵まれてオイシイキャラだなと…あれ？ 好きというより羨ましい？
4.「悪ノ娘」シリーズは完結されましたが、更に拡がる悪ノＰワールドに期待が隠せません。新シリーズもとても楽しみです！

鈴ノ助

Room 343
http://room343.web.fc2.com/

1.「黄昏の温もり」
2. 義理の親子っていう関係が大好物なので、紅組３人セットで描かせて頂きました。稽古の帰り、怪我をしたアレンをレオンがおぶって帰る。それを優しい目で見つめるジェルメイヌ。凸凹だけど家族していたら私が嬉しいです。アレンの心がつかの間でも優しさに包まれたらいいなーという願望を込めて。
3. クラリス。弱い自分を自覚して、それでも強く生きようとする姿が可愛いです。あと単純に見た目が好みです。
4. ささやかですが、「悪ノ娘」ノベルスに関わらせて頂きとても楽しかったです。今回はご一緒させて頂き有難うございました。

かる

COCOB
http://karu21.blog6.fc2.com/

1.「ミカエラとクラリス」
2. 切ない感じに描いてみました。この二人は好きなので描くのは楽しかったです。
3. ミカエラが好きです。可愛いから。
4.「悪ノ叙事詩」発売おめでとうございます。「悪ノ娘」シリーズにはイラストで少し関わることがで きて嬉しかったです。ありがとうございました。

みなみ

からふる ぱれっと
http://carafuru.web.fc2.com/
マイクロマガジン社にて『ちびミクさん・に』発売決定！

1. ちびミクさん出張版「悪ノ小娘」
2. ちびミクさんのキャラでコスプレごっこさせてみちゃいました。これはこれで楽しんで描けました。
3. リンが好きなのでリリアンヌですね。
4. 悪ノ娘とはかけ離れた内容ですが楽しんでいただければ幸いです（ﾟ□、ﾟ）

CAFFEIN

CAFE-LOG
http://caffein89.blogspot.com/

1.「白と緑」
2. クラリスが昔のことを思い出しているような。ミカエラは描いててテンションが上がります。
3. 主役とミカエラ・クラリス以外では、シャルテットですかね。思い入れもありますが、キャラが立っていて動かしやすそうなところが好きです。
4. 小説『悪ノ娘』シリーズに関わらせていただき、本当にありがとうございました。またいつか、このキャラクターたちと会える日を楽しみにしています。

村上ゆいち

Tendon
http://xmrkm.blog114.fc2.com/

1.「友と友」
2. 珍しく男性キャラまみれです。友情っぽいものを感じてもらえたらなと思い描いたのと、赤と青味を押し出して対っぽく見えるようにしてみました。
3. やはり前回、今回と連続して描く事になったキールでしょうか。あとシャルテットの女の子が大剣で戦うのは反則的に可愛いと思います。
4. 中々ボーカロイド系で男性祭りみたいな絵を描かせていただく事はあまりないので楽しかったです！

ばたこ

ひよまん
http://kyomo.blog.shinobi.jp/

1.「修行中のひととき」
2. ミカエラ、グーミリア、エルルカの三人が修行中に資料を探しているところです。大きな流れに巻き込まれていく前の穏やかな時間を描きたいと思いました。
3. ジェルメイヌ　迷いながらも前に進もうとする姿勢にとても勇気づけられました。レイピアを投げるシーンでは涙が止まりませんでした。
4.「青のプレファッチオ」に続き、またイラストを描かせていただけてうれしいです！これからも続いていく悪ノワールドを一ファンとして楽しみにしております！

タンチョ

VO
http://tapi.ehoh.net/VO/

1.「悪ノ娘」キャラクター人気投票記念漫画
2. 人気投票の結果に関する４コマを描かせていただきました。たくさんのキャラを描かせていただけてとても楽しかったです。
3. ジェルメイヌがそれはもう断トツに好きです。大好きです。元々 MEIKO が好きというのもあるのですが、戦う女性に弱くて……。
4. 参加させていただけて光栄です。悪ノの世界がこれからも広がり続けますように……。

ヘムren

進行状況報告所
http://ameblo.jp/hemrenren/

1.「月夜の薔薇」
2. アレンとリリアンヌです。大好きなふたり、とても楽しく描かせていただきました。笑顔も泣き顔もいいけど、こういう表情も好きです。
3. アレンです。大切なリリアンヌのために行動するその心意気に惚れました……。
4. 大好きな作品とキャラのイラストをこのような形で描かせていただけてとても光栄でした！　楽しんでいただけたら嬉しいです。

オサム

じゃがばた
http://jagabata.uijin.com/

1.「呪縛と開放」
2. いろいろ歪んでしまったリリアンヌを己の命を引き換えに開放する…とかそんな雰囲気をめざしました。
3. アレンとリリアンヌです。もとよりリンレンが好きなので。
4.「悪ノ娘」と出会ったのはいつだったでしょうか…最初聴いた時はフーン…としか思わなかったのに「悪ノ召使」をきいたら思わず泣いてしまったのを鮮明に覚えています。イラストを描いている間、ずーっと「悪ノ娘」と「悪ノ召使」が頭の中でリフレインしていました。最後にリリアンヌとアレンを描けてとても楽しかったです！ありがとうございました。

たま

Songe
http://sg.xii.jp/o/

1.「昼下がりの読書」
2. 風が気持ちいい日に外で読書したいなあと思いながら描きました。ユキナもショウも初めて描かせて頂きました。新鮮で楽しかったです！
3. リリアンヌ＝ムーシェ　もともと男勝りな女の子キャラが好きなので、親しみやすくてかっこよくてとても好きです！
4. また悪ノシリーズのイラストを描かせて頂けてとても光栄です。好きなキャラたちが沢山いる作品なので、何度も何度も読み返して、楽しみたいとおもいます。本当にありがとうございました！

水溜鳥（みずためとり）

pixiv id=595405

1.「めぐるめぐる」
2. エルルカが魔道師、そしてグーミリアは弟子なので魔法系の神秘的な雰囲気になるよう描きました。感想はとにかく描いていてとても心がおどった！　楽しかった！　ということです（笑）。
3. 皆好きなのですが、その中でもエルルカが好きです。理由は語ると長くなってしまうのですが、簡潔に言うとしたらカッコ良くて切ないキャラクターというところに心打たれたからですね。
4. 今回、「悪ノ娘」のイラストを描くことができて本当に私は幸せ者です!!　ありがとうございました！

CHRIS

Dramatic#
http://illustchris.com/

1.「森の中の蜃気楼」
2. 悲劇的な結末を迎えた多数のキャラクターの中で、ミカエラとカイルの幸せな姿を描いてみようという目標を持ってなごやかな雰囲気が漂う緑色をたっぷり使って収めてみました。永遠に叶えられない砂漠の蜃気楼と同じく、虚像だとよく分かっているけど、二人の幸せな場面を見ている誰かに少しでも追憶になってそれに慰みになってほしい、という望みです。
3. キャラクター皆に愛情を注いでいますので、こんな質問が一番難しいですね……！　最近、小説「青のプレファッチオ」を読んだからネイの方へ切ない気持ちが傾いています。
4. 多くの人たちに楽しみを贈ってくださっている悪ノＰ（mothy）さん、本当に感謝します。曲を通じて感じた感動をまた小説というメディアで改めて感じられるなんてとても魅力的なことだと思います。見えないところでたくさんの力添えをいただいた編集さんと tanika さんにも本当に感謝をささげます。「悪ノ娘」、全力で応援しています。

INFORMATION

待望の悪ノPの新作がついに発売決定!! まだまだ勢いは止まらないボカロノベルシリーズ続々登場!!

既刊情報

悪ノ娘　黄のクロアテュール

著：悪ノP(mothy)　定価：本体1,200円(税別)

『悪ノ娘』ノベルシリーズの第一弾！『悪ノ娘』『悪ノ召使』の楽曲制作者・悪ノP(mothy)が自ら筆を執りノベル化！　同じ歳の王女と召使……二人の秘められた運命の歯車はやがて、狂おしく回り始める……。歌詞や旋律のはざまに隠された哀しくも美しい物語が今、綴られる!!

悪ノ娘　緑のヴィーゲンリート

著：悪ノP(mothy)　定価：本体1,200円(税別)

『悪ノ娘』ノベルシリーズの第二弾！　楽曲制作者・悪ノP(mothy)が前作に引き続き自ら執筆！　第一弾と時を同じくして、舞台は“緑ノ国”へ。白い髪の少女・クラリスは緑の髪を持つ少女・ミカエラと出会う。この時から二人の少女の運命の歯車は回り始めた―。人気絵師たちが「悪ノワールド」を艶やかに綾なします!!

悪ノ娘　赤のプラエルディウム

著：悪ノP(mothy)　定価：本体1,200円(税別)

大ヒットシリーズ第三弾は“悪ノ娘”が処刑されたルシフェニア革命から五年後……あの時とは様変わりしてしまったルシフェニアから始まる――。シリーズお馴染みのキャラクターに加え、新キャラも登場!!　ルシフェニア革命によって回り出した歯車が、今再び重なり合う。豪華絵師によるイラストも必見!!

悪ノ娘　青のプレファッチオ

著：悪ノP(mothy)　定価：本体1,200円(税別)

『悪ノ娘』ついに完結!!　物語の舞台は青ノ国・マーロンへ。母の待つ“心音の時計塔”へと向かうカイル。そんな彼を待ち受けていたのは残酷な真実だった……。完結編となる本作には、“あの人”がノベル初登場！「大罪シリーズ」など今後の展開が期待される、『悪ノ娘』最終楽章を見逃すな!!

悪ノ間奏曲　『悪ノ娘』ワールドガイド

著：悪ノP(mothy)　定価：本体1,200円(税別)

第一、二弾だけでなく、悪ノPの他作品も含めた『悪ノ娘』の世界観をより理解するためのガイドブック。ストーリーダイジェスト、キャラクター紹介の他、書き下ろし小説『トワイライトプランク』、短編漫画、絵物語といったスピンオフ作品も掲載。豪華絵師陣によるトリビュートイラストも満載の一冊。

新刊情報
大罪シリーズ始動!!
著：悪ノP（mothy）
ヴェノマニア公の狂気
2012年12月発刊決定!!
予価：本体1,200円（税別）
最新情報は公式ホームページ＆twitterで!!
http://www.akunomusume.com/　twitter:@akuno_novel
Illustration by 鈴ノ助

既刊情報

『暗い森のサーカス』

著：マチゲリータ
定価：本体1,200円（税別）

動画投稿サイトにて55万再生を超える『暗い森のサーカス』がノベル化！　独特な世界観で人気のボカロP・マチゲリータ氏が自ら文章・挿絵を手がけた、耽美で物哀しいダークホラーファンタジー。7つの悲劇の「むこうがわ」が、今語られる――。

Illustration by 花蟲えぬ

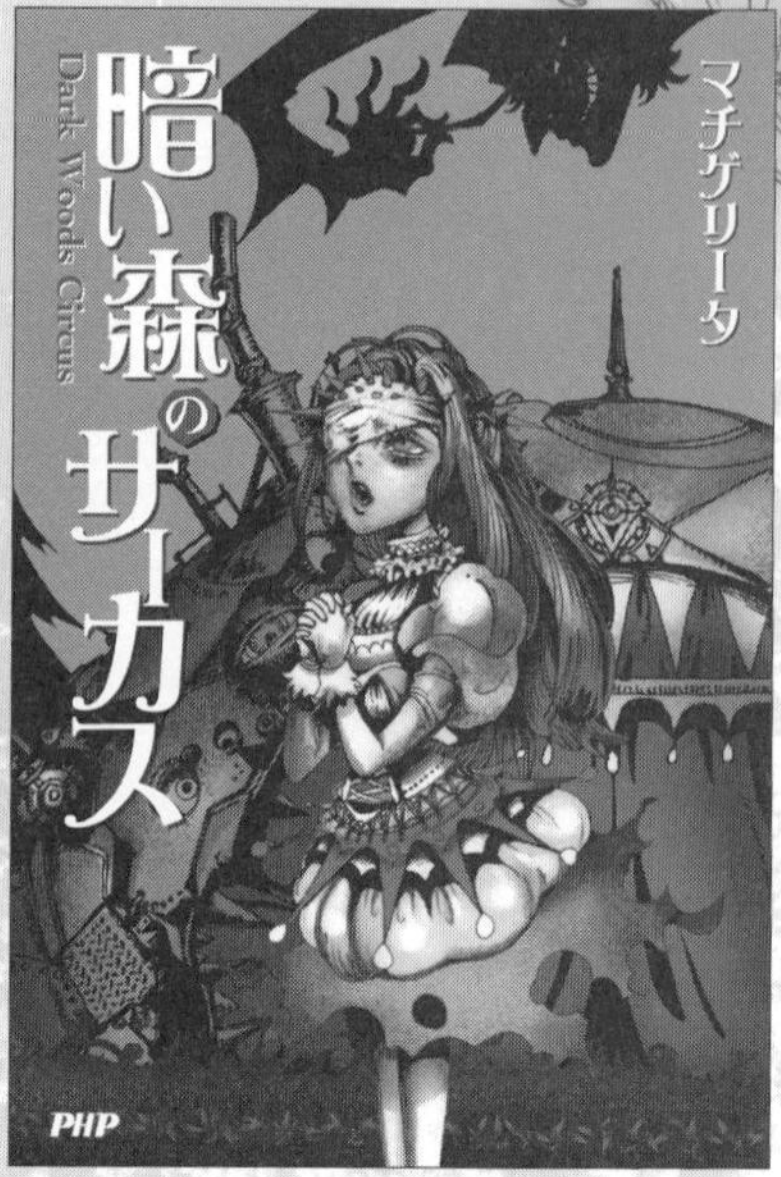

Cover Illustration by 猫将軍

『ココロ』

原作：トラボルタ
著：石沢克宜
定価：本体1,200円（税別）

少女のロボット「二号機」とともに過ごした科学者たちの、優しくも切ない物語。

Cover Illustration by なぎみそ

『桜ノ雨』

原作・原案：halyosy
著：藤田 遼／スタジオ・ハードデラックス
定価：本体1,200円（税別）

初音ミクたちが高校生に!?　合唱部を舞台に学園の四季を綴る青春グラフィティ！

Cover Illustration by 優

『囚人と紙飛行機　少年パラドックス』

著：猫口眠@囚人P
定価：本体1,200円（税別）

人気曲『囚人』『紙飛行機』を、囚人P自ら執筆した小説が登場！

Cover Illustration by ざいん

新刊情報
2012年9月末発刊予定
秘蜜～黒の誓い～
著：ひとしずくP
ひとりの天使が、恋に――堕ちた
ひとしずくPの名曲『秘蜜 ～黒の誓い～』が、
小説となり鮮やかに綾なされる。
音と音の間、言葉と言葉の間に秘められた、
天使と少女の甘やかでいて峻烈な禁断の恋。
イラストワークに鈴ノ助を迎え、ふたりの物語が動き出す。
定価：本体 1,200円（税別）
最新情報は公式twitterで!!
twitter:@vocalo_novel
Illustration by 鈴ノ助

●著者
悪ノP(mothy)
VOCALOIDを使用した楽曲制作を手がけるプロデューサー。2008年2月28日に『10分の恋』をニコニコ動画に投稿しデビュー。出世作となった『悪ノ娘』『悪ノ召使』はともに150万回以上再生されている。このほか、代表作品に『リグレットメッセージ』『白ノ娘』『悪食娘コンチータ』『ヴェノマニア公の狂気』などがある。2010年に自身の楽曲『悪ノ娘』『悪ノ召使』を基にした小説『悪ノ娘 黄のクロアテュール』にて小説家デビューを果たす。2012年にシリーズ完結となる『悪ノ娘　青のプレファッチオ』を発刊。『七つの大罪』シリーズの小説化も決定している。

●企画・編集・デザイン
スタジオ・ハードデラックス株式会社
編集／遠藤圭子　鴨野丈　小俣元　平井里奈　渡邉千智　石井悠太
デザイン／鴨野丈　福井夕利子
雑誌、編集、映像などのコンテンツ、著作物の企画と編集・デザインを行うプロダクション。主な出版物には『元素周期 萌えて覚える化学の基本』『Constitution Girls 日本国憲法』『ニコニコ動画の中の人』『ゲーム実況の中の人』(以上、PHP研究所)、『ヤマハムックシリーズ VOCALOIDをたのしもう』(ヤマハミュージックメディア)、『エンターブレインムック 歌ってみたの本を作ってみた』(エンターブレイン)、『オトナアニメディア』『こえ部であそぶ!今から人気声優の本』((以上、学研マーケティング)などがある。

●協力
クリプトン・フューチャー・メディア株式会社
ZERO-G
株式会社インターネット
株式会社 AHS
ヤマハ株式会社
CAFFEIN
スミス・ヒオカ
ツインドリル
マイクロマガジン社

●カバーイラスト
憂
●地図・小物イラスト
KIM DONGHOON
kyata
●挿絵着色
旭ハジメ

●プロデュース
伊丹祐喜(PHP研究所)

悪ノ叙事詩
「悪ノ娘」ファンブック

2012年　9月　7日　第1版第1刷発行

著　者　　悪ノP (mothy)
発行者　　小林成彦
発行所　　株式会社 PHP 研究所
東京本部　〒102-8331　千代田区一番町 21
コミック出版部　☎03-3239-6288 (編集)
普及一部　☎03-3239-6233 (販売)
京都本部　〒601-8411　京都市南区西九条北ノ内町 11
PHP INTERFACE　http://www.php.co.jp/
印刷所　　共同印刷株式会社
製本所　　東京美術紙工協業組合

ISBN978-4-569-80724-9